LE SPLEEN DE PARIS
CINQUANTE PETITS
POÈMES EN PROSE
DE BAUDELAIRE

CHEZ ÉMILE-PAUL
FRÈRES, PLACE BEAU-
VAU, PROCHE L'ÉLY-
SÉE, A PARIS. MCMXVII

LE SPLEEN DE PARIS

LE SPLEEN DE PARIS

OU LES CINQUANTE PETITS POÈMES EN PROSE DE CHARLES BAUDELAIRE

chez ÉMILE-PAUL
frères 100 faubourg
Saint-Honoré,
à PARIS

TABLE ALPHABÉTIQUE.

i

ARSÈNE HOUSSAYE.

Mon cher ami, je vous envoie un petit ouvrage dont on ne pourrait pas dire, sans injustice, qu'il n'a ni queue ni tête, puisque tout, au contraire, y est à la fois tête et queue, alternativement et réciproquement. Considérez, je vous prie, quelles admirables commodités cette combinaison nous offre à tous, à vous, à moi et au lecteur. Nous pouvons couper où nous voulons, moi ma rêverie, vous le manuscrit, le lecteur sa lecture; car je ne suspends pas la volonté rétive de celui-ci au fil interminable d'une intrigue superflue. Enlevez une vertèbre, et les deux morceaux de cette tortueuse fantaisie se rejoindront sans peine. Hachez-la en nombreux fragments, et vous verrez que chacun peut exister à part. Dans l'espérance que quelques-uns de ces tronçons seront assez vivants pour vous plaire et vous amuser, j'ose vous dédier le serpent tout entier.

J'ai une petite confession à vous faire. C'est en feuilletant, pour la vingtième fois au moins, le fameux Gaspard de la Nuit, d'Aloysius

Bertrand (un livre connu de vous, de moi et de quelques-uns de nos amis, n'a-t-il pas tous les droits à être appelé fameux?) que l'idée m'est venue de tenter quelque chose d'analogue, et d'appliquer à la description de la vie moderne, ou plutôt d'une vie moderne et plus abstraite, le procédé qu'il avait appliqué à la peinture de la vie ancienne, si étrangement pittoresque.

Quel est celui de nous qui n'a pas, dans ses jours d'ambition, rêvé le miracle d'une prose poétique, musicale sans rythme et sans rime, assez souple et assez heurtée pour s'adapter aux mouvements lyriques de l'âme, aux ondulations de la rêverie, aux soubresauts de la conscience?

C'est surtout de la fréquentation des villes énormes, c'est du croisement de leurs innombrables rapports que naît cet idéal obsédant. Vous-même, mon cher ami, n'avez-vous pas tenté de traduire en une chanson le cri strident du Vitrier, et d'exprimer dans une prose lyrique toutes les désolantes suggestions que ce cri envoie jusqu'aux mansardes, à travers les plus hautes brumes de la rue?

Mais, pour dire le vrai, je crains que ma jalousie ne m'ait pas porté bonheur. Sitôt que j'eus commencé le travail, je m'aperçus que non seulement je restais bien loin de mon mystérieux et brillant modèle, mais encore que je faisais quelque chose (si cela peu s'appeler quelque chose) de singulièrement différent, accident dont tout autre que moi s'enorgueillirait sans doute, mais qui ne peut qu'humilier profondément un esprit qui regarde comme le plus grand honneur du poète d'accomplir juste ce qu'il a projeté de faire.

Votre bien affectionné,

C. B.

'ÉTRANGER. *Qui aimes-tu le mieux, homme énigmatique, dis? ton père, ta mère, ta sœur ou ton frère?* ↜ *Je n'ai ni parents, ni sœur, ni frère.* ↜ *Tes amis?* ↜ *Vous vous servez là d'une parole dont le sens m'est resté jusqu'à ce jour inconnu.*

↜ *Ta patrie?*

↜ *J'ignore sous quelle latitude elle est située.*

↜ *La beauté?*

↜ *Je l'aimerais volontiers, déesse et immortelle.*

↜ *L'or?*

↜ *Je le hais comme vous haïssez Dieu.*

↜ *Eh! qu'aimes-tu donc, extraordinaire étranger?*

↜ *J'aime les nuages... les nuages qui passent... là-bas... les merveilleux nuages!*

E DÉSESPOIR DE LA VIEILLE. *La petite vieille ratatinée se sentit toute réjouie en voyant ce joli enfant à qui chacun faisait fête, à qui tout le monde voulait plaire; ce joli être, si fragile comme elle, la petite vieille, et, comme elle aussi, sans dents et sans cheveux.*

Et elle s'approcha de lui, voulant lui faire des risettes et des mines agréables.

Mais l'enfant épouvanté se débattait sous les caresses de la bonne femme décrépite, et remplissait la maison de ses glapissements.

Alors la bonne vieille se retira dans sa solitude éternelle, et elle pleurait dans un coin, se disant : "᷍ Ah! pour nous, malheureuses vieilles femelles, l'âge est passé de plaire, même aux innocents; et nous faisons horreur aux petits enfants que nous voulons aimer!"

E CONFITEOR DE
L'ARTISTE. *Que les fins
de journées d'automne sont pénétrantes ! Ah ! pénétrantes jusqu'à
la douleur ! car il est de certaines
sensations délicieuses dont le vague
n'exclut pas l'intensité ; et il n'est pas de pointe
plus acérée que celle de l'Infini.*

*Grand délice que celui de noyer son regard
dans l'immensité du ciel et de la mer ! Solitude, silence, incomparable chasteté de l'azur !
une petite voile frissonnante à l'horizon, et
qui, par sa petitesse et son isolement, imite mon
irrémédiable existence, mélodie monotone de la
houle, toutes ces choses pensent par moi, ou je
pense par elles (car, dans la grandeur de la
rêverie, le moi se perd vite !) ; elles pensent,
dis-je, mais musicalement et pittoresquement,
sans arguties, sans syllogismes, sans déductions.*

*Toutefois, ces pensées, qu'elles sortent de
moi ou s'élancent des choses, deviennent bientôt
trop intenses. L'énergie dans la volupté crée un
malaise et une souffrance positive. Mes nerfs
trop tendus ne donnent plus que des vibrations*

criardes et douloureuses.

Et maintenant la profondeur du ciel me
consterne; sa limpidité m'exaspère. L'insen-
sibilité de la mer, l'immuabilité du spectacle,
me révoltent... Ah! faut-il éternellement
souffrir, ou fuir éternellement le beau? Nature,
enchanteresse sans pitié, rivale toujours victorieuse, laisse-moi! Cesse de tenter mes désirs et
mon orgueil! L'étude du beau est un duel où
l'artiste crie de frayeur avant d'être vaincu.

N PLAISANT. C'était l'explosion du nouvel an : chaos de boue et de neige, traversé de mille carrosses, étincelant de joujoux et de bonbons, grouillant de cupidités et de désespoirs, délire officiel d'une grande ville fait pour troubler le cerveau du solitaire le plus fort.

Au milieu de ce tohu-bohu et de ce vacarme, un âne trottait vivement, harcelé par un malotru armé d'un fouet.

Comme l'âne allait tourner l'angle d'un trottoir, un beau monsieur ganté, verni, cruellement cravaté et emprisonné dans des habits tout neufs, s'inclina cérémonieusement devant l'humble bête, et lui dit, en ôtant son chapeau : " Je vous la souhaite bonne et heureuse ! " puis se retourna vers je ne sais quels camarades avec un air de fatuité, comme pour les prier d'ajouter leur approbation à son contentement.

L'âne ne vit pas ce beau plaisant et continua de courir avec zèle où l'appelait son devoir.

Pour moi, je fus pris subitement d'une incommensurable rage contre ce magnifique imbécile,

5

qui me parut concentrer en lui tout l'esprit de
la France.

LA CHAMBRE DOUBLE.

Une chambre qui ressemble à une rêverie, une chambre véritablement spirituelle, où l'atmosphère stagnante est légèrement teintée de rose et de bleu.

L'âme y prend un bain de paresse, aromatisé par le regret et le désir. ~ C'est quelque chose de crépusculaire, de bleuâtre et de rosâtre ; un rêve de volupté pendant une éclipse.

Les meubles ont des formes allongées, prostrées, alanguies. Les meubles ont l'air de rêver ; on les dirait doués d'une vie somnambulique, comme le végétal et le minéral. Les étoffes parlent une langue muette, comme les fleurs, comme les ciels, comme les soleils couchants.

Sur les murs nulle abomination artistique.

Relativement au rêve pur, à l'impression non analysée, l'art défini, l'art positif est un blasphème. Ici, tout a la suffisante clarté et la délicieuse obscurité de l'harmonie.

Une senteur infinitésimale du choix le plus exquis, à laquelle se mêle une très légère humidité, nage dans cette atmosphère, où l'esprit sommeillant est bercé par des sensations de serre chaude.

La mousseline pleut abondamment devant les fenêtres et devant le lit; elle s'épanche en cascades neigeuses. Sur ce lit, est couchée l'Idole, la souveraine des rêves. Mais comment est-elle ici? Qui l'a amenée? quel pouvoir magique l'a installée sur ce trône de rêverie et de volupté? Qu'importe? la voilà! je la reconnais!

Voilà bien ces yeux dont la flamme traverse le crépuscule; ces subtiles et terribles mirettes, que je reconnais à leur effrayante malice! Elles attirent, elles subjuguent, elles dévorent le regard de l'imprudent qui les contemple. Je les ai souvent étudiées, ces étoiles noires qui commandent la curiosité et l'admiration.

A quel démon bienveillant dois-je d'être ainsi entouré de mystère, de silence, de paix et de parfums? O béatitude! ce que nous nommons généralement la vie, même dans son expansion la plus heureuse, n'a rien de commun avec cette vie suprême dont j'ai maintenant connaissance et que je savoure minute par minute, seconde par seconde!

Non ! il n'est plus de minutes, il n'est plus de secondes ! Le temps a disparu ; c'est l'Éternité qui règne, une éternité de délices !

Mais un coup terrible, lourd, a retenti à la porte et, comme dans les rêves infernaux, il m'a semblé que je recevais un coup de pioche dans l'estomac.

Et puis, un Spectre est entré. C'est un huissier qui vient me torturer au nom de la loi ; une infâme concubine qui vient crier misère et ajouter les trivialités de sa vie aux douleurs de la mienne ; ou bien le saute-ruisseau d'un directeur de journal qui réclame la suite du manuscrit.

La chambre paradisaque, l'idole, la souveraine des rêves, la Sylphide, comme disait le grand René, toute cette magie a disparu au coup brutal frappé par le Spectre.

Horreur ! je me souviens ! je me souviens ! Oui ! ce taudis, ce séjour de l'éternel ennui, est bien le mien. Voici les meubles sots, poudreux, écornés ; la cheminée sans flamme et sans braise, souillée de crachats ; les tristes fenêtres où la pluie a tracé des sillons dans la poussière ; les manuscrits, raturés ou incomplets ; l'almanach où le crayon a marqué les dates sinistres!

Et ce parfum d'un autre monde, dont je m'enivrais avec une sensibilité perfectionnée, hélas! il est remplacé par une fétide odeur de tabac mêlée à je ne sais quelle nauséabonde moisissure. On respire ici maintenant le ranci de la désolation.

Dans ce monde étroit, mais si plein de dégoût, un seul objet connu me sourit : la fiole de laudanum, une vieille et terrible amie; comme toutes les amies, hélas! féconde en caresses et en traîtrises.

Oh! oui! le Temps a reparu; le Temps règne en souverain maintenant; et, avec le hideux vieillard, est revenu tout son démoniaque cortège de Souvenirs, de Regrets, de Spasmes, de Peurs, d'Angoisses, de Cauchemars, de Colères et de Névroses.

Je vous assure que les secondes maintenant sont fortement et solennellement accentuées, et chacune, en jaillissant de la pendule, dit : " ᴗ Je suis la Vie, l'insupportable, l'implacable Vie!"

Il n'y a qu'une Seconde dans la vie humaine

qui ait mission d'annoncer une bonne nouvelle, la bonne nouvelle *qui cause à chacun une inexplicable peur.*

Oui, le Temps règne; il a repris sa brutale dictature. Et il me pousse comme si j'étais un bœuf, avec son double aiguillon. " ∽ *Et hue donc! bourrique! Sue donc, esclave! Vis donc, damné!* "

HACUN LA SIENNE.
Sous un grand ciel gris, dans une grande plaine poudreuse, sans chemins, sans gazon, sans un chardon, sans une ortie, je rencontrai plusieurs hommes qui marchaient courbés.

Chacun d'eux portait sur son dos une énorme Chimère, aussi lourde qu'un sac de farine ou de charbon, ou le fourniment d'un fantassin romain.

Mais la monstrueuse bête n'était pas un poids inerte ; au contraire, elle enveloppait et opprimait l'homme de ses muscles élastiques et puissants ; elle s'agrafait avec ses deux vastes griffes à la poitrine de sa monture, et sa tête fabuleuse surmontait le front de l'homme, comme un de ces casques horribles par lesquels les anciens guerriers espéraient ajouter à la terreur de l'ennemi.

Je questionnai l'un de ces hommes, et je lui demandai où ils allaient ainsi. Il me répondit qu'il n'en savait rien, ni lui, ni les autres, mais qu'évidemment ils allaient quelque part, puisqu'ils étaient poussés par un invincible besoin de marcher.

Chose curieuse à noter : aucun de ces voyageurs n'avait l'air irrité contre la bête féroce suspendue à son cou et collée à son dos; on eût dit qu'il la considérait comme faisant partie de lui-même. Tous ces visages fatigués et sérieux ne témoignaient d'aucun désespoir; sous la coupole splénétique du ciel, les pieds plongés dans la poussière d'un sol aussi désolé que ce ciel, ils cheminaient avec la physionomie résignée de ceux qui sont condamnés à espérer toujours.

Et le cortège passa à côté de moi et s'enfonça dans l'atmosphère de l'horizon, à l'endroit où la surface arrondie de la planète se dérobe à la curiosité du regard humain.

Et, pendant quelques instants, je m'obstinai à vouloir comprendre ce mystère; mais, bientôt, l'irrésistible indifférence s'abattit sur moi, et j'en fus plus lourdement accablé qu'ils ne l'étaient eux-mêmes par leurs écrasantes Chimères.

E FOU ET LA VÉNUS.

Quelle admirable journée ! Le vaste parc se pâme sous l'œil brûlant du soleil, comme la jeunesse sous la domination de l'Amour. L'extase universelle des choses ne s'exprime par aucun bruit ; les eaux elles-mêmes sont comme endormies. Bien différente des fêtes humaines, c'est ici une orgie silencieuse.

On dirait qu'une lumière toujours croissante fait de plus en plus étinceler les objets ; que les fleurs excitées brûlent du désir de rivaliser avec l'azur du ciel par l'énergie de leurs couleurs, et que la chaleur, rendant visibles les parfums, les fait monter vers l'astre comme des fumées.

Cependant, dans cette jouissance universelle, j'ai aperçu un être affligé.

Aux pieds d'une colossale Vénus, un de ces fous artificiels, un de ces bouffons volontaires chargés de faire rire les rois quand le Remords ou l'Ennui les obsède, affublé d'un costume éclatant et ridicule, coiffé de cornes et de son-nettes, tout ramassé contre le piédestal, lève des yeux pleins de larmes vers l'immortelle Déesse.

Et ses yeux disent : ⌐ Je suis le dernier et le plus solitaire des humains, privé d'amour et d'amitié, et bien inférieur en cela au plus imparfait des animaux. Cependant je suis fait, moi aussi, pour comprendre et sentir l'immortelle Beauté! Ah! Déesse! ayez pitié de ma tristesse et de mon délire!

Mais l'implacable Vénus regarde au loin je ne sais quoi avec ses yeux de marbre.

E CHIEN ET LE FLACON.

‿ *Mon beau chien, mon bon chien, mon cher toutou, approchez et venez respirer un excellent parfum acheté chez le meilleur parfumeur de la ville.*

Et le chien, en frétillant de la queue, ce qui est, je crois, chez ces pauvres êtres, le signe correspondant du rire et du sourire, s'approche et pose curieusement son nez humide sur le flacon débouché, puis, reculant soudainement avec effroi, il aboie contre moi en manière de reproche.

‿ *Ah! misérable chien, si je vous avais offert un paquet d'excréments, vous l'auriez flairé avec délices et peut-être dévoré. Ainsi, vous-même, indigne compagnon de ma triste vie, vous ressemblez au public, à qui il ne faut jamais présenter des parfums délicats qui l'exaspèrent, mais des ordures soigneusement choisies.*

E MAUVAIS VITRIER.

Il y a des natures purement contemplatives et tout à fait impropres à l'action, qui, cependant, sous une impulsion mystérieuse et inconnue, agissent quelquefois avec une rapidité dont elles se seraient crues elles-mêmes incapables. Tel qui, craignant de trouver chez son concierge une nouvelle chagrinante, rôde lâchement une heure devant sa porte sans oser rentrer, tel qui garde quinze jours une lettre sans la décacheter, ou ne se résigne qu'au bout de six mois à opérer une démarche nécessaire depuis un an, se sentent quelquefois brusquement précipités vers l'action par une force irrésistible, comme la flèche d'un arc. Le moraliste et le médecin, qui prétendent tout savoir, ne peuvent pas expliquer d'où vient si subitement une si folle énergie à ces âmes paresseuses et voluptueuses, et comment, incapables d'accomplir les choses les plus simples et les plus nécessaires, elles trouvent à une certaine minute un courage de luxe pour exécuter les actes les plus absurdes et souvent même les plus dangereux.

17

Un de mes amis, le plus inoffensif rêveur qui ait existé, a mis une fois le feu à une forêt pour voir, disait-il, si le feu prenait avec autant de facilité qu'on l'affirme généralement. Dix fois de suite, l'expérience manqua; mais, à la onzième, elle réussit beaucoup trop bien.

Un autre allumera un cigare à côté d'un tonneau de poudre, pour voir, pour savoir, pour tenter la destinée, *pour se contraindre lui-même à faire preuve d'énergie, pour faire le joueur, pour connaître les plaisirs de l'anxiété,* pour rien, par caprice, par désœuvrement.

C'est une espèce d'énergie qui jaillit de l'ennui et de la rêverie; et ceux en qui elle se manifeste si inopinément sont, en général, comme je l'ai dit, les plus indolents et les plus rêveurs des êtres.

Un autre, timide à ce point qu'il baisse les yeux même devant le regard des hommes, à ce point qu'il lui faut rassembler toute sa pauvre volonté pour entrer dans un café ou passer devant le bureau d'un théâtre, où les contrôleurs lui paraissent investis de la majesté de Minos, d'Éaque ou de Rhadamante, sautera brusquement au cou d'un vieillard qui passe à côté de lui et l'embrassera avec enthousiasme devant la foule étonnée.

Pourquoi? Parce que... parce que cette physionomie lui était irrésistiblement sympathique? Peut-être ; mais il est plus légitime de supposer que lui-même il ne sait pas pourquoi.

J'ai été plus d'une fois victime de ces crises et de ces élans, qui nous autorisent à croire que des Démons malicieux se glissent en nous et nous font accomplir, à notre insu, leurs plus absurdes volontés.

Un matin, je m'étais levé maussade, triste, fatigué d'oisiveté, et poussé, me semblait-il, à faire une action d'éclat; et j'ouvris la fenêtre, hélas !

(Observez, je vous prie, que l'esprit de mystification qui, chez quelques personnes, n'est pas le résultat d'un travail ou d'une combinaison, mais d'une inspiration fortuite, participe beaucoup, ne fût-ce que par l'ardeur du désir, de cette humeur, hystérique selon les médecins, satanique selon ceux qui pensent un peu mieux que les médecins, qui nous pousse sans résistance vers une foule d'actions dangereuses ou inconvenantes.)

La première personne que j'aperçus dans la rue, ce fut un vitrier dont le cri perçant, discordant, monta jusqu'à moi à travers la lourde et sale atmosphère parisienne. Il me serait d'ailleurs impossible de dire pourquoi je fus pris à l'égard de ce pauvre homme d'une haine aussi soudaine que despotique.

" ᴖ Hé! hé! " et je lui criai de monter. Cependant, je réfléchissais, non sans quelque gaieté, que, la chambre étant au sixième étage et l'escalier fort étroit, l'homme devait éprouver quelque peine à opérer son ascension et accrocher en maint endroit les angles de sa fragile marchandise.

Enfin, il parut : j'examinai curieusement toutes ses vitres, et je lui dis : " ᴖ Comment, vous n'avez pas de verres de couleur? des verres roses, rouges, bleus, des vitres magiques, des vitres de paradis? Impudent que vous êtes! vous osez vous promener dans des quartiers pauvres, et vous n'avez pas même de vitres qui fassent voir la vie en beau!" Et je le poussai

20

vivement vers l'escalier, où il trébucha en grognant.

Je m'approchai du balcon et je me saisis d'un petit pot de fleurs, et, quand l'homme reparut au débouché de la porte, je laissai tomber perpendiculairement mon engin de guerre sur le rebord postérieur de ses crochets; et le choc le renversant, il acheva de briser sous son dos toute sa pauvre fortune ambulatoire qui rendit le bruit éclatant d'un palais de cristal crevé par la foudre.

Et, ivre de ma folie, je lui criai furieusement : "La vie en beau! La vie en beau!"

Ces plaisanteries nerveuses ne sont pas sans péril, et on peut souvent les payer cher. Mais qu'importe l'éternité de la damnation à qui a trouvé dans une seconde l'infini de la jouissance?

UNE HEURE DU MATIN.

 Enfin ! seul ! On n'entend plus que le roulement de quelques fiacres attardés et éreintés. Pendant quelques heures, nous posséderons le silence, sinon le repos. Enfin, la tyrannie de la face humaine a disparu, et je ne souffrirai plus que par moi-même.

Enfin, il m'est donc permis de me délasser dans un bain de ténèbres ! D'abord, un double tour à la serrure. Il me semble que ce tour de clef augmentera ma solitude et fortifiera les barricades qui me séparent actuellement du monde.

Horrible vie ! Horrible ville ! Récapitulons la journée : avoir vu plusieurs hommes de lettres, dont l'un m'a demandé si l'on pouvait aller en Russie par voie de terre (il prenait sans doute la Russie pour une île) ; avoir disputé généreusement contre le directeur d'une revue, qui, à chaque objection répondait : '' ↄ C'est ici le parti des honnêtes gens '', ce qui implique que tous les autres journaux sont rédigés par des coquins ; avoir salué une vingtaine de per-

sonnes, dont quinze me sont inconnues; avoir distribué des poignées de main dans la même proportion, et cela sans avoir pris la précaution d'acheter des gants; être monté pour tuer le temps, pendant une averse, chez une sauteuse qui m'a prié de lui dessiner un costume de Vénustre; avoir fait ma cour à un directeur de théâtre, qui m'a dit en me congédiant : " ⌁ Vous feriez peut-être bien de vous adresser à Z...; c'est le plus lourd, le plus sot et le plus célèbre de tous mes auteurs; avec lui vous pourriez peut-être aboutir à quelque chose. Voyez-le, et puis nous verrons; " m'être vanté (pourquoi?) de plusieurs vilaines actions que je n'ai jamais commises, et avoir lâchement nié quelques autres méfaits que j'ai accomplis avec joie, délit de fanfaronnade, crime de respect humain; avoir refusé à un ami un service facile, et donné une recommandation écrite à un parfait drôle; ouf! est-ce bien fini?

Mécontent de tous et mécontent de moi, je voudrais bien me racheter et m'enorgueillir un peu dans le silence et la solitude de la nuit. Ames de ceux que j'ai aimés, âmes de ceux que j'ai chantés, fortifiez-moi, soutenez-moi, éloignez de moi le mensonge et les vapeurs corruptrices du monde; et vous, Seigneur mon Dieu! accordez-moi la grâce de produire quelques beaux vers qui me prouvent à moi-même que je ne suis pas le dernier des hommes, que je ne suis pas inférieur à ceux que je méprise.

A FEMME SAUVAGE ET LA PETITE-MAITRESSE. " *Vraiment, ma chère, vous me fatiguez sans mesure et sans pitié; on dirait, à vous entendre soupirer, que vous souffrez plus que les glaneuses sexagénaires et que les vieilles mendiantes qui ramassent des croûtes de pain à la porte des cabarets.*

" *Si, au moins, vos soupirs exprimaient le remords, ils vous feraient quelque honneur; mais ils ne traduisent que la satiété du bien-être et l'accablement du repos. Et puis, vous ne cessez de vous répandre en paroles inutiles :* " *Aimez-moi bien ! j'en ai tant besoin ! Consolez-moi par-ci, caressez-moi par là !*" *Tenez, je veux essayer de vous guérir; nous en trouverons peut-être le moyen, pour deux sols, au milieu d'une fête, et sans aller bien loin.*

" *Considérons bien, je vous prie, cette solide cage de fer derrière laquelle s'agite, hurlant comme un damné, secouant les barreaux comme un orang-outang exaspéré par l'exil, imitant, dans la perfection, tantôt les bonds* circulaires du tigre, tantôt les dandinements stupides de l'ours blanc, ce monstre poilu dont la forme imite assez vaguement la vôtre.

" Ce monstre est un de ces animaux qu'on appelle généralement " mon ange ! " c'est-à-dire une femme. L'autre monstre, celui qui crie à tue-tête, un bâton à la main, c'est un mari. Il a enchaîné sa femme légitime comme une bête, et il la montre dans les faubourgs, les jours de foire, avec permission des magistrats, cela va sans dire.

" Faites bien attention ! Voyez avec quelle voracité (non simulée peut-être !) elle déchire des lapins vivants et des volailles piaillantes que lui jette son cornac. " Allons, dit-il, il ne faut pas manger tout son bien en un jour, " et, sur cette sage parole, il lui arrache cruellement la proie, dont les boyaux dévidés restent un instant accrochés aux dents de la bête féroce, de la femme, veux-je dire.

" Allons ! un bon coup de bâton pour la calmer ! car elle darde des yeux terribles de convoitise sur la nourriture enlevée. Grand Dieu ! le bâton n'est pas un bâton de comédie, avez-vous entendu résonner la chair, malgré le poil postiche? Aussi les yeux lui sortent maintenant de la tête, elle hurle plus naturellement. Dans sa rage, elle étincelle tout entière, comme le fer qu'on bat.

" Telles sont les mœurs conjugales de ces deux descendants d'Ève et d'Adam, ces œuvres de vos mains, ô mon Dieu! Cette femme est incontestablement malheureuse, quoique, après tout, peut-être, les jouissances titillantes de la gloire ne lui soient pas inconnues. Il y a des malheurs plus irrémédiables, et sans compensation. Mais, dans le monde où elle a été jetée, elle n'a jamais pu croire que la femme méritât une autre destinée.

" Maintenant, à nous deux, chère précieuse! A voir les enfers dont le monde est peuplé, que voulez-vous que je pense de votre joli enfer, vous qui ne reposez que sur des étoffes aussi douces que votre peau, qui ne mangez que de la viande cuite, et pour qui un domestique habile prend soin de découper les morceaux?

" Et que peuvent signifier pour moi tous ces petits soupirs qui gonflent votre poitrine parfumée, robuste coquette? Et toutes ces affectations apprises dans les livres, et cette infatigable mélancolie, faite pour inspirer au spectateur un tout autre sentiment que la pitié? En vérité, il me prend quelquefois envie de vous apprendre ce que c'est que le vrai malheur.

'' A vous voir ainsi, ma belle délicate, les pieds dans la fange et les yeux tournés vaporeusement vers le ciel, comme pour lui demander un roi, on dirait vraisemblablement une jeune grenouille qui invoquerait l'idéal. Si vous méprisez le soliveau (ce que je suis maintenant, comme vous savez bien), gare la grue qui vous croquera, vous gobera et vous tuera à son plaisir !

'' Tant poète que je sois, je ne suis pas aussi dupe que vous voudriez le croire, et si vous me fatiguez trop souvent de vos précieuses pleurnicheries, je vous traiterai en femme sauvage, ou je vous jetterai par la fenêtre, comme une bouteille vide. ''

28

ES FOULES. *Il n'est pas donné à chacun de prendre un bain de multitude : jouir de la foule est un art; et celui-là seul peut faire, aux dépens du genre humain, une ribote de vitalité, à qui une fée a insufflé dans son berceau le goût du travestissement et du masque, la haine du domicile et la passion du voyage.*

Multitude, solitude : termes égaux et convertibles par le poète actif et fécond. Qui ne sait pas peupler sa solitude, ne sait pas être seul dans une foule affairée.

Le poète jouit de cet incomparable privilège, qu'il peut, à sa guise, être lui-même et autrui. Comme ces âmes errantes qui cherchent un corps, il entre, quand il veut, dans le personnage de chacun. Pour lui seul, tout est vacant; et, si de certaines places paraissent lui être fermées, c'est qu'à ses yeux elles ne valent pas la peine d'être visitées.

Le promeneur solitaire et pensif tire une singulière ivresse de cette universelle communion. Celui-là qui épouse facilement la foule, connaît des jouissances fiévreuses, dont seront éternellement privés l'égoïste, fermé comme un coffre, et le paresseux, interné comme un mollusque. Il adopte, comme siennes, toutes les professions, toutes les joies et toutes les misères que la circonstance lui présente.

Ce que les hommes nomment amour est bien petit, bien restreint et bien faible, comparé à cette ineffable orgie, à cette sainte prostitution de l'âme qui se donne tout entière, poésie et charité, à l'imprévu qui se montre, à l'inconnu qui passe.

Il est bon d'apprendre quelquefois aux heureux de ce monde, ne fût-ce que pour humilier un instant leur sot orgueil, qu'il est des bonheurs supérieurs au leur, plus vastes et plus raffinés. Les fondateurs de colonies, les pasteurs des peuples, les prêtres missionnaires exilés au bout du monde, connaissent sans doute quelque chose de ces mystérieuses ivresses; et au sein de la vaste famille que leur génie s'est faite, ils doivent rire quelquefois de ceux qui les plaignent pour leur fortune si agitée et pour leur vie si chaste.

ES VEUVES. *Vauvenargues dit que, dans les jardins publics, il est des allées hantées principalement par l'ambition déçue, par les inventeurs malheureux, par les gloires avortées, par les cœurs brisés, par toutes ces âmes tumultueuses et fermées, en qui grondent encore les derniers soupirs d'un orage, et qui reculent loin du regard insolent des joyeux et des oisifs. Ces retraites ombreuses sont les rendez-vous des éclopés de la vie.*

C'est surtout vers ces lieux que le poëte et le philosophe aiment diriger leurs avides conjectures. Il y a là une pâture certaine. Car s'il est une place qu'ils dédaignent de visiter, comme je l'insinuais tout à l'heure, c'est surtout la joie des riches. Cette turbulence dans le vide n'a rien qui les attire. Au contraire, ils se sentent irrésistiblement entraînés vers tout ce qui est faible, ruiné, contristé, orphelin.

Un œil expérimenté ne s'y trompe jamais. Dans ces traits rigides ou abattus, dans ces yeux caves ou ternes, ou brillants des derniers éclairs de la lutte, dans ces rides profondes et nom-

breuses, dans ces démarches si lentes ou si saccadées, il déchiffre tout de suite les innombrables légendes de l'amour trompé, du dévouement méconnu, des efforts non récompensés, de la faim et du froid humblement, silencieusement supportés.

Avez-vous quelquefois aperçu des veuves sur ces bancs solitaires, des veuves pauvres? Qu'elles soient en deuil ou non, il est facile de les reconnaître. D'ailleurs, il y a toujours dans le deuil du pauvre quelque chose qui manque, une absence d'harmonie qui le rend plus navrant. Il est contraint de lésiner sur sa douleur. Le riche porte la sienne au grand complet.

Quelle est la veuve la plus triste et la plus attristante, celle qui traîne à sa main un bambin avec qui elle ne peut pas partager sa rêverie, ou celle qui est tout à fait seule? Je ne sais... Il m'est arrivé une fois de suivre pendant de longues heures une vieille affligée de cette espèce; celle-là, roide, droite, sous un petit châle usé, portait dans tout son être une fierté de stoïcienne.

Elle était évidemment condamnée, par une

absolue solitude, à des habitudes de vieux céli-
bataire, et le caractère masculin de ses mœurs
ajoutait un piquant mystérieux à leur austérité.
Je ne sais dans quel misérable café et de quelle
façon elle déjeuna. Je la suivis au cabinet de
lecture et je l'épiais longtemps pendant qu'elle
cherchait dans les gazettes, avec des yeux actifs,
jadis brûlés par les larmes, des nouvelles d'un
intérêt puissant et personnel.

Enfin, dans l'après-midi, sous un ciel d'automne charmant, un de ces ciels d'où descendent
en foule les regrets et les souvenirs, elle s'assit
à l'écart dans un jardin, pour entendre, loin de
la foule, un de ces concerts dont la musique des
régiments gratifie le peuple parisien.

C'est sans doute là la petite débauche de
cette vieille innocente (ou de cette vieille puri-
fiée), la consolation bien gagnée d'une de ces
lourdes journées sans ami, sans causerie, sans
joie, sans confident, que Dieu laissait tomber sur
elle, depuis bien des ans, peut-être ! trois cent
soixante-cinq fois par an.

Une autre encore :

Je ne puis jamais m'empêcher de jeter un

regard, sinon universellement sympathique, au moins curieux sur la foule de parias qui se pressent autour de l'enceinte d'un concert public. L'orchestre jette à travers la nuit des chants de fête, de triomphe ou de volupté. Les robes traînent en miroitant ; les regards se croisent ; les oisifs, fatigués de n'avoir rien fait, se dandinent, feignant de déguster indolemment la musique. Ici, rien que de riche, d'heureux ; rien qui ne respire et n'inspire l'insouciance et le plaisir de se laisser vivre ; rien, excepté l'aspect de cette tourbe qui s'appuie là-bas sur la barrière extérieure, attrapant gratis, au gré du vent, un lambeau de musique, et regardant l'étincelante fournaise intérieure.

C'est toujours chose intéressante que ce reflet de la joie du riche au fond de l'œil du pauvre. Mais ce jour-là, à travers ce peuple vêtu de blouses et d'indiennes, j'aperçus un être dont la noblesse faisait un éclatant contraste avec toute la trivialité environnante.

C'était une femme grande, majestueuse, et si noble dans tout son air, que je n'ai pas souvenir d'avoir vu sa pareille dans les collections des aristocratiques beautés du passé. Un parfum de hautaine vertu émanait de toute sa personne. Son visage, triste et amaigri, était en parfaite accordance avec le grand deuil dont elle était revêtue. Elle aussi, comme la plèbe à laquelle elle s'était mêlée et qu'elle ne voyait pas, elle regardait le monde lumineux avec un œil profond, et elle écoutait en hochant doucement la tête.

Singulière vision ! "A coup sûr, me dis-je, cette pauvreté-là, si pauvreté il y a, ne doit pas admettre l'économie sordide ; un si noble visage m'en répond. Pourquoi donc reste-t-elle volontairement dans un milieu où elle fait une tache si éclatante ? "

Mais en passant curieusement auprès d'elle, je crus en deviner la raison. La grande veuve tenait par la main un enfant comme elle vêtu de noir ; si modique que fût le prix d'entrée, ce prix suffisait peut-être à payer un des besoins du petit être, mieux encore, une superfluité, un jouet. Et elle sera rentrée à pied, méditant et rêvant, seule, toujours seule ; car l'enfant est turbulent, égoïste, sans douceur et sans patience ;

et il ne peut même pas, comme le pur animal, comme le chien et le chat, servir de confident aux douleurs solitaires.

E VIEUX SALTIMBANQUE. *Partout s'étalait, se répandait, s'ébaudissait le peuple en vacances. C'était une de ces solennités sur lesquelles, pendant un long temps, comptent* les saltimbanques, les faiseurs de tours, les montreurs d'animaux et les boutiquiers ambulants, pour compenser les mauvais jours de l'année.

En ces jours-là, il me semble que le peuple oublie tout, la douleur et le travail; il devient pareil aux enfants. Pour les petits, c'est un jour de congé, c'est l'horreur de l'école renvoyée à vingt-quatre heures. Pour les grands, c'est un armistice conclu avec les puissances malfaisantes de la vie, un répit dans la contention et la lutte universelles.

L'homme du monde lui-même et l'homme occupé de travaux spirituels échappent difficilement à l'influence de ce jubilé populaire. Ils absorbent, sans le vouloir, leur part de cette atmosphère d'insouciance. Pour moi, je ne manque jamais, en vrai Parisien, de passer la revue de toutes les baraques qui se pavanent à ces époques solennelles.

Elles se faisaient, en vérité, une concurrence formidable : elles piaillaient, beuglaient, hurlaient. C'était un mélange de cris, de détonations de cuivre et d'explosions de fusées. Les queues-rouges et les Jocrisses convulsaient les traits de leurs visages basanés, raccornis par le vent, la pluie et le soleil; ils lançaient, avec l'aplomb des comédiens sûrs de leurs effets, des bons mots et des plaisanteries d'un comique solide et lourd comme celui de Molière. Les Hercules, fiers de l'énormité de leurs membres, sans front et sans crâne, comme les orang-outangs, se prélassaient majestueusement sous les maillots lavés la veille pour la circonstance. Les danseuses, belles comme des fées ou des princesses, sautaient et cabriolaient sous le feu des lanternes qui remplissaient leurs jupes d'étincelles.

Tout n'était que lumière, poussière, cris, joie, tumulte; les uns dépensaient, les autres gagnaient, les uns et les autres également joyeux. Les enfants se suspendaient aux jupons de leurs mères pour obtenir quelque bâton de sucre, ou montaient sur les épaules de leurs pères pour mieux voir un escamoteur éblouissant comme un dieu. Et partout circulait, dominant tous les parfums, une odeur de friture qui était comme l'encens de cette fête.

Au bout, à l'extrême bout de la rangée de baraques, comme si, honteux, il s'était exilé lui-même de toutes ces splendeurs, je vis un pauvre saltimbanque, voûté, caduc, décrépit, une ruine d'homme, adossé contre un des poteaux de sa cahute; une cahute plus misérable que celle du sauvage le plus abruti, et dont deux bouts de chandelles, coulants et fumants, éclairaient trop bien encore la détresse.

Partout la joie, le gain, la débauche; partout la certitude du pain pour les lendemains; partout l'explosion frénétique de la vitalité. Ici la misère absolue, la misère affublée, pour comble d'horreur, de haillons comiques, où la nécessité, bien plus que l'art, avait introduit le contraste. Il ne riait pas, le misérable! il ne pleurait pas, il ne dansait pas, il ne gesticulait pas, il ne criait pas; il ne chantait aucune chanson, ni gaie ni lamentable, il n'implo-

rait pas. Il était muet et immobile. Il avait re-
noncé, il avait abdiqué. Sa destinée était faite.

Mais quel regard profond, inoubliable, il
promenait sur la foule et les lumières, dont le
flot mouvant s'arrêtait à quelques pas de sa
répulsive misère! Je sentis ma gorge serrée par
la main terrible de l'hystérie, et il me sembla
que mes regards étaient offusqués par ces larmes
rebelles qui ne veulent pas tomber.

Que faire? A quoi bon demander à l'infor-
tuné quelle curiosité, quelle merveille il avait à
montrer dans ces ténèbres puantes, derrière son
rideau déchiqueté? En vérité, je n'osais; et,
dût la raison de ma timidité vous faire rire,
j'avouerai que je craignais de l'humilier. Enfin,
je venais de me résoudre à déposer en passant
quelque argent sur une de ces planches, espé-
rant qu'il devinerait mon intention, quand un
grand reflux de peuple, causé par je ne sais quel
trouble, m'entraîna loin de lui.

Et, m'en retournant, obsédé par cette vision,
je cherchai à analyser ma soudaine douleur, et
je me dis : Je viens de voir l'image du vieil
homme de lettres qui a survécu à la génération

dont il fut le brillant amuseur; du vieux poète sans amis, sans famille, sans enfants, dégradé par sa misère et par l'ingratitude publique, et dans la baraque de qui le monde oublieux ne veut plus entrer!

E GATEAU. *Je voyageais. Le paysage au milieu duquel j'étais placé était d'une grandeur et d'une noblesse irrésistibles. Il en passa sans doute en ce moment quelque chose dans mon âme. Mes pensées voltigeaient avec une légèreté égale à celle de l'atmosphère; les passions vulgaires, telles que la haine et l'amour profane, m'apparaissaient maintenant aussi éloignées que les nuées qui défilaient au fond des abîmes sous mes pieds; mon âme me semblait aussi vaste et aussi pure que la coupole du ciel dont j'étais enveloppé; le souvenir des choses terrestres n'arrivait à mon cœur qu'affaibli et diminué, comme le son de la clochette des bestiaux imperceptibles qui paissaient loin, bien loin, sur le versant d'une autre montagne. Sur le petit lac immobile, noir de son immense profondeur, passait quelquefois l'ombre d'un nuage, comme le reflet du manteau d'un géant aérien volant à travers le ciel. Et je me souviens que cette sensation solennelle et rare, causée par un grand mouvement parfaitement silencieux, me remplissait d'une joie mêlée de*

peur. Bref, je me sentais, grâce à l'enthousias-
mante beauté dont j'étais environné, en parfaite
paix avec moi-même et avec l'univers ; je crois
même que, dans ma parfaite béatitude et dans
mon total oubli de tout le mal terrestre, j'en
étais venu à ne plus trouver si ridicules les journaux qui prétendent que l'homme est né bon ;
ᒪ quand la matière incurable renouvelant ses
exigences, je songeai à réparer la fatigue et à
soulager l'appétit causés par une si longue
ascension. Je tirai de ma poche un gros morceau
de pain, une tasse de cuir et un flacon d'un
certain élixir que les pharmaciens vendaient
dans ce temps-là aux touristes pour le mêler
dans l'occasion avec de l'eau de neige.

Je découpais tranquillement mon pain, quand
un bruit très léger me fit lever les yeux. Devant
moi se tenait un petit être déguenillé, noir,
ébouriffé, dont les yeux creux, farouches et
comme suppliants, dévoraient le morceau de
pain. Et je l'entendis soupirer, d'une voix
basse et rauque, le mot : gâteau ! Je ne pus
m'empêcher de rire en entendant l'appellation
dont il voulait bien honorer mon pain presque

43

blanc, et j'en coupai pour lui une belle tranche que je lui offris. Lentement, il se rapprocha, ne quittant pas des yeux l'objet de sa convoitise ; puis, happant le morceau avec sa main, se recula vivement, comme s'il eût craint que mon offre ne fût pas sincère ou que je m'en repentisse déjà.

Mais au même instant il fut culbuté par un autre petit sauvage, sorti je ne sais d'où, et si parfaitement semblable au premier qu'on aurait pu le prendre pour son frère jumeau. Ensemble ils roulèrent sur le sol, se disputant la précieuse proie, aucun n'en voulant sans doute sacrifier la moitié pour son frère. Le premier, exaspéré, empoigna le second par les cheveux ; celui-ci lui saisit l'oreille avec les dents, et en cracha un petit morceau sanglant avec un superbe juron patois. Le légitime propriétaire du gâteau essaya d'enfoncer ses petites griffes dans les yeux de l'usurpateur ; à son tour celui-ci appliqua toutes ses forces à étrangler son adversaire d'une main, pendant que de l'autre il tâchait de glisser dans sa poche le prix du combat. Mais, ravivé par le désespoir, le vaincu se redressa et fit rouler le vainqueur par terre d'un coup de tête dans l'estomac. A quoi bon décrire une lutte hideuse qui dura en vérité plus longtemps que leurs forces enfantines ne semblaient le promettre? Le gâteau voyageait de main en main et changeait de poche à chaque instant; mais, hélas! il changeait aussi de volume; et lorsque enfin, exténués, haletants, sanglants, ils s'arrêtèrent par impossibilité de continuer, il n'y avait plus, à vrai dire, aucun sujet de bataille; le morceau de pain avait disparu, et il était éparpillé en miettes semblables aux grains de sable auxquels il était mêlé.

Ce spectacle m'avait embrumé le paysage, et la joie calme où s'ébaudissait mon âme avant d'avoir vu ces petits hommes avait totalement disparu; j'en restai triste assez longtemps, me répétant sans cesse : '' Il y a donc un pays superbe où le pain s'appelle du gâteau, friandise si rare qu'elle suffit pour engendrer une guerre parfaitement fratricide ! ''

45

'HORLOGE. *Les Chinois voient l'heure dans l'œil des chats. Un jour un missionnaire, se promenant dans la banlieue de Nankin, s'aperçut qu'il avait oublié sa montre, et demanda à un petit garçon quelle heure il était.*

Le gamin du céleste Empire hésita d'abord; puis, se ravisant, il répondit : " Je vais vous le dire. " Peu d'instants après, il reparut, tenant dans ses bras un fort gros chat, et le regardant, comme on dit, dans le blanc des yeux, il affirma, sans hésiter : " Il n'est pas encore tout à fait midi. " Ce qui était vrai.

Pour moi, si je me penche vers la belle Féline, la si bien nommée, qui est à la fois l'honneur de son sexe, l'orgueil de mon cœur et le parfum de mon esprit, que ce soit la nuit, que ce soit le jour, dans la pleine lumière ou dans l'ombre opaque, au fond de ses yeux adorables je vois toujours l'heure distinctement, toujours la même, une heure vaste, solennelle, grande comme l'espace, sans divisions de minutes ni de secondes, ‿ une heure immobile qui n'est pas marquée sur les horloges, et cependant légère comme un soupir, rapide comme un coup d'œil.

Et si quelque importun venait me déranger pendant que mon regard repose sur ce délicieux cadran, si quelque Génie malhonnête et intolérant, quelque démon du contre-temps venait me dire : '' Que regardes-tu là avec tant de soin? Que cherches-tu dans les yeux de cet être? Y vois-tu l'heure, mortel prodigue et fainéant? '' je répondrais sans hésiter : '' Oui, je vois l'heure; il est l'Eternité! ''

N'est-ce pas, madame, que voici un madrigal vraiment méritoire, et aussi emphatique que vous-même? En vérité, j'ai eu tant de plaisir à broder cette prétentieuse galanterie, que je ne vous demanderai rien en échange.

47

ÉMISPHÈRE D'ANS UNE CHEVELURE. *Laisse-moi respirer longtemps, longtemps, l'odeur de tes cheveux, y plonger tout mon visage, comme un homme altéré dans l'eau d'une source, et les agiter avec ma main comme un mouchoir odorant, pour secouer des souvenirs dans l'air.*

Si tu pouvais savoir tout ce que je vois ! tout ce que je sens ! tout ce que j'entends dans tes cheveux ! Mon âme voyage sur le parfum comme l'âme des autres hommes sur la musique.

Tes cheveux contiennent tout un rêve, plein de voilures et de mâtures ; ils contiennent de grandes mers dont les moussons me portent vers de charmants climats, où l'espace est plus bleu et plus profond, où l'atmosphère est parfumée par les fruits, par les feuilles et par la peau humaine.

Dans l'océan de ta chevelure, j'entrevois un port fourmillant de chants mélancoliques, d'hommes vigoureux de toutes nations et de navires de toutes formes découpant leurs architectures fines et compliquées sur un ciel immense où se prélasse l'éternelle chaleur.

Dans les caresses de ta chevelure, je retrouve les langueurs des longues heures passées sur un divan, dans la chambre d'un beau navire, bercées par le roulis imperceptible du port, entre les pots de fleurs et les gargoulettes rafraîchissantes.

Dans l'ardent foyer de ta chevelure, je respire l'odeur du tabac mêlé à l'opium et au sucre ; dans la nuit de ta chevelure, je vois resplendir l'infini de l'azur tropical ; sur les rivages duvetés de ta chevelure je m'enivre des odeurs combinées du goudron, du musc et de l'huile de coco.

Laisse-moi mordre longtemps tes tresses lourdes et noires. Quand je mordille tes cheveux élastiques et rebelles, il me semble que je mange des souvenirs.

49

'INVITATION AU VOYAGE.

Il est un pays superbe, un pays de Cocagne, dit-on, que je rêve de visiter avec une vieille amie. Pays singulier, noyé dans les brumes de notre Nord, et qu'on pourrait appeler l'Orient de l'Occident, la Chine de l'Europe, tant la chaude et capricieuse fantaisie s'y est donné carrière, tant elle l'a patiemment et opiniâtrément illustré de ses savantes et délicates végétations.

Un vrai pays de Cocagne, où tout est beau, riche, tranquille, honnête; où le luxe a plaisir à se mirer dans l'ordre; où la vie est grasse et douce à respirer; d'où le désordre, la turbulence et l'imprévu sont exclus; où le bonheur est marié au silence; où la cuisine elle-même est poétique, grasse et excitante à la fois; où tout vous ressemble, mon cher ange.

Tu connais cette maladie fiévreuse qui s'empare de nous dans les froides misères, cette nostalgie du pays qu'on ignore, cette angoisse de la curiosité? Il est une contrée qui te ressemble, où tout est beau, riche, tranquille et honnête,

où la fantaisie a bâti et décoré une Chine occi-
dentale, où la vie est douce à respirer, où le
bonheur est marié au silence. C'est là qu'il faut
aller vivre, c'est là qu'il faut aller mourir !

Oui, c'est là qu'il faut aller respirer, rêver
et allonger les heures par l'infini des sensations.
Un musicien a écrit l'Invitation à la valse ;
quel est celui qui composera l'Invitation au
voyage, qu'on puisse offrir à la femme aimée,
à la sœur d'élection ?

Oui, c'est dans cette atmosphère qu'il ferait
bon vivre, — là-bas, où les heures plus lentes
contiennent plus de pensées, où les horloges
sonnent le bonheur avec une plus profonde et
plus significative solennité.

Sur des panneaux luisants, ou sur des cuirs
dorés et d'une richesse sombre, vivent discrètement des peintures béates, calmes et profondes,
comme les âmes des artistes qui les créèrent. Les
soleils couchants, qui colorent si richement la
salle à manger ou le salon, sont tamisés par de
belles étoffes ou par ces hautes fenêtres ouvra-
gées que le plomb divise en nombreux compar-
timents. Les meubles sont vastes, curieux,

bizarres, armés de serrures et de secrets comme des âmes raffinées. Les miroirs, les métaux, les étoffes, l'orfèvrerie et la faïence y jouent pour les yeux une symphonie muette et mystérieuse ; et de toutes choses, de tous les coins, des fissures des tiroirs et des plis des étoffes s'échappe un parfum singulier, un revenez-y de Sumatra, qui est comme l'âme de l'appartement.

Un vrai pays de Cocagne, te dis-je, où tout est riche, propre et luisant, comme une belle conscience, comme une magnifique batterie de cuisine, comme une splendide orfèvrerie, comme une bijouterie bariolée ! Les trésors du monde y affluent, comme dans la maison d'un homme laborieux et qui a bien mérité du monde entier. Pays singulier, supérieur aux autres, comme l'Art l'est à la Nature, où celle-ci est réformée par le rêve, où elle est corrigée, embellie, refondue.

Qu'ils cherchent, qu'ils cherchent encore, qu'ils reculent sans cesse les limites de leur bonheur, ces alchimistes de l'horticulture ! Qu'ils proposent des prix de soixante et de cent mille florins pour qui résoudra leurs ambitieux problèmes ! Moi, j'ai trouvé *ma* tulipe noire et *mon* dahlia bleu !

Fleur incomparable, tulipe retrouvée, allégorique dahlia, c'est là, n'est-ce pas, dans ce beau pays si calme et si rêveur qu'il faudrait aller vivre et fleurir ? Ne serais-tu pas encadrée dans ton analogie, et ne pourrais-tu pas te mirer, pour parler comme les mystiques, dans ta propre correspondance ?

Des rêves ! toujours des rêves ! et plus l'âme est ambitieuse et délicate, plus les rêves l'éloignent du possible. Chaque homme porte en lui sa dose d'opium naturel, incessamment sécrétée et renouvelée, et, de la naissance à la mort, combien comptons-nous d'heures remplies par la jouissance positive, par l'action réussie et décidée ? Vivrons-nous jamais, passerons-nous jamais dans ce tableau qu'a peint mon esprit, ce tableau qui te ressemble ?

Ces trésors, ces meubles, ce luxe, cet ordre, ces parfums, ces fleurs miraculeuses, c'est toi. C'est encore toi, ces grands fleuves et ces canaux tranquilles. Ces énormes navires qu'ils charrient, tout chargés de richesses, et d'où montent les chants monotones de la manœuvre, ce sont mes pensées qui dorment ou qui roulent sur ton sein. Tu les conduis doucement vers la mer qui est l'Infini, tout en réfléchissant les profondeurs du ciel dans la limpidité de ta belle âme ; ∽ et quand, fatigués par la houle et gorgés des produits de l'Orient, ils rentrent au port natal, ce sont encore mes pensées enrichies qui reviennent de l'Infini vers toi.

E JOUJOU DU PAUVRE.
*Je veux donner l'idée d'un diver-
tissement innocent. Il y a si peu
d'amusements qui ne soient pas
coupables !*

*Quand vous sortirez le matin
avec l'intention décidée de flâner sur les grandes
routes, remplissez vos poches de petites inven-
tions à un sol, ⌐ telles que le polichinelle plat
mû par un seul fil, les forgerons qui battent
l'enclume, le cavalier et son cheval dont la
queue est un sifflet, ⌐ et le long des cabarets,
au pied des arbres, faites-en hommage aux
enfants inconnus et pauvres que vous rencontre-
rez. Vous verrez leurs yeux s'agrandir démesurément. D'abord ils n'oseront pas prendre; ils
douteront de leur bonheur. Puis leurs mains
agripperont vivement le cadeau, et ils s'enfui-
ront comme font les chats qui vont manger loin
de vous le morceau que vous leur avez donné,
ayant appris à se défier de l'homme.*

*Sur une route, derrière la grille d'un vaste
jardin, au bout duquel apparaissait la blancheur
d'un joli château frappé par le soleil, se tenait*

un enfant beau et frais, habillé de ces vêtements de campagne si pleins de coquetterie.

Le luxe, l'insouciance et le spectacle habituel de la richesse rendent ces enfants-là si jolis qu'on les croirait faits d'une autre pâte que les enfants de la médiocrité ou de la pauvreté.

A côté de lui, gisait sur l'herbe un joujou splendide, aussi frais que son maître, verni, doré, vêtu d'une robe pourpre, et couvert de plumets et de verroteries. Mais l'enfant ne s'occupait pas de son joujou préféré, et voici ce qu'il regardait :

De l'autre côté de la grille, sur la route, entre les chardons et les orties, il y avait un autre enfant, sale, chétif, fuligineux, un de ces marmots-parias dont un œil impartial découvrirait la beauté, si, comme l'œil du connaisseur devine une peinture idéale sous un vernis de carrossier, il le nettoyait de la répugnante patine de la misère.

A travers ces barreaux symboliques séparant deux mondes, la grande route et le château, l'enfant pauvre montrait à l'enfant riche son propre joujou, que celui-ci examinait avidement

comme un objet rare et inconnu. Or, ce joujou,
que le petit souillon agaçait, agitait et secouait
dans une boîte grillée, c'était un rat vivant !
Les parents, par économie sans doute, avaient
tiré le joujou de la vie elle-même.

Et les deux enfants se riaient l'un à l'autre
fraternellement, avec des dents d'une égale
blancheur.

ES DONS DES FÉES.
*C'était grande assemblée des Fées,
pour procéder à la répartition des
dons parmi tous les nouveau-nés,
arrivés à la vie depuis vingt-
quatre heures.*

Toutes ces antiques et capricieuses Sœurs du
Destin, toutes ces Mères bizarres de la joie et
de la douleur, étaient fort diverses : les unes
avaient l'air sombre et rechigné, les autres, un
air folâtre et malin ; les unes, jeunes, qui
avaient toujours été jeunes ; les autres, vieilles,
qui avaient toujours été vieilles.

Tous les pères qui ont foi dans les Fées
étaient venus, chacun apportant son nouveau-
né dans ses bras.

Les Dons, les Facultés, les bons Hasards,
les Circonstances invincibles, étaient accumulés
à côté du tribunal, comme les prix sur l'estrade, dans une distribution de prix. Ce qu'il
y avait ici de particulier, c'est que les Dons
n'étaient pas la récompense d'un effort, mais
tout au contraire une grâce accordée à celui
qui n'avait pas encore vécu, une grâce pouvant

déterminer sa destinée et devenir aussi bien la source de son malheur que de son bonheur.

Les pauvres Fées étaient très affairées ; car la foule des solliciteurs était grande, et le monde intermédiaire, placé entre l'homme et Dieu, est soumis comme nous à la terrible loi du Temps et de son infinie postérité, les Jours, les Heures, les Minutes, les Secondes.

En vérité, elles étaient aussi ahuries que des ministres un jour d'audience, ou des employés du Mont-de-Piété quand une fête nationale autorise des dégagements gratuits. Je crois même qu'elles regardaient de temps à autre l'aiguille de l'horloge avec autant d'impatience que des juges humains qui, siégeant depuis le matin, ne peuvent s'empêcher de rêver au dîner, à la famille et à leurs chères pantoufles. Si, dans la justice surnaturelle, il y a un peu de précipitation et de hasard, ne nous étonnons pas qu'il en soit de même quelquefois dans la justice humaine. Nous serions nous-mêmes, en ce cas, des juges injustes.

Aussi furent commises ce jour-là quelques bourdes qu'on pourrait considérer comme bizarres, si la prudence, plutôt que le caprice, était le caractère distinctif, éternel des Fées.

Ainsi la puissance d'attirer magnétiquement la fortune fut adjugée à l'héritier unique d'une famille très riche, qui, n'étant doué d'aucun sens de charité, non plus que d'aucune convoitise pour les biens les plus visibles de la vie, devait se trouver plus tard prodigieusement embarrassé de ses millions.

Ainsi furent donnés l'amour du Beau et la Puissance poétique au fils d'un sombre gueux, carrier de son état, qui ne pouvait, en aucune façon, aider les facultés, ni soulager les besoins de sa déplorable progéniture.

J'ai oublié de vous dire que la distribution, en ces cas solennels, est sans appel, et qu'aucun don ne peut être refusé.

Toutes les Fées se levaient, croyant leur corvée accomplie; car il ne restait plus aucun cadeau, aucune largesse à jeter à tout ce fretin humain, quand un brave homme, un pauvre petit commerçant, je crois, se leva, et empoignant par sa robe de vapeurs multicolores la Fée qui était le plus à sa portée, s'écria :

" Eh ! madame ! vous nous oubliez ! Il y a encore mon petit ! Je ne veux pas être venu pour rien. "

La Fée pouvait être embarrassée ; car il ne restait plus rien. Cependant elle se souvint à temps d'une loi bien connue, quoique rarement appliquée, dans le monde surnaturel, habité par ces déités impalpables, amies de l'homme, et souvent contraintes de s'adapter à ses passions, telles que les Fées, les Gnomes, les Salamandres, les Sylphides, les Sylphes, les Nixes, les Ondins et les Ondines, ‒ je veux parler de la loi qui concède aux Fées, dans un cas semblable à celui-ci, c'est-à-dire le cas d'épuisement des lots, la faculté d'en donner encore un, supplémentaire et exceptionnel, pourvu toutefois qu'elle ait l'imagination suffisante pour le créer immédiatement.

Donc la bonne Fée répondit, avec un aplomb digne de son rang : " Je donne à ton fils... je lui donne... le Don de plaire ! "

" Mais plaire comment ? plaire... ? plaire pourquoi ? " demanda opiniâtrément le petit boutiquier, qui était sans doute un de ces raisonneurs si communs, incapables de s'élever jusqu'à la logique de l'Absurde.

" Parce que ! parce que ! " répliqua la Fée courroucée, en lui tournant le dos ; et rejoignant le cortège de ses compagnes, elle leur disait : " Comment trouvez-vous ce petit Français vaniteux, qui veut tout comprendre, et qui ayant obtenu pour son fils le meilleur des lots, ose encore interroger et discuter l'indiscutable ? "

ES TENTATIONS OU ÉROS, PLUTUS ET LA GLOIRE. *Deux superbes Satans et une Diablesse, non moins extraordinaire, ont la nuit dernière monté l'escalier mystérieux par où l'Enfer donne assaut à la faiblesse de l'homme qui dort, et communique en secret avec lui. Et ils sont venus se poser glorieusement devant moi, debout comme sur une estrade. Une splendeur sulfureuse émanait de ces trois personnages, qui se détachaient ainsi du fond opaque de la nuit. Ils avaient l'air si fier et si plein de domination, que je les pris d'abord tous les trois pour de vrais Dieux.*

Le visage du premier Satan était d'un sexe ambigu, et il y avait aussi, dans les lignes de son corps, la mollesse des anciens Bacchus. Ses beaux yeux languissants, d'une couleur ténébreuse et indécise, ressemblaient à des violettes chargées encore des lourds pleurs de l'orage, et ses lèvres entr'ouvertes à des cassolettes chaudes, d'où s'exhalait la bonne odeur d'une parfumerie; et à chaque fois qu'il soupirait, des

insectes musqués s'illuminaient, en voletant, aux ardeurs de son souffle.

Autour de sa tunique de pourpre était roulé, en manière de ceinture, un serpent chatoyant qui, la tête relevée, tournait langoureusement vers lui ses yeux de braise. A cette ceinture vivante étaient suspendus, alternant avec des fioles pleines de liqueurs sinistres, de brillants couteaux et des instruments de chirurgie. Dans sa main droite il tenait une autre fiole dont le contenu était d'un rouge lumineux, et qui portait pour étiquette ces mots bizarres : '' Buvez, ceci est mon sang, un parfait cordial '' ; dans la gauche un violon qui lui servait sans doute à chanter ses plaisirs et ses douleurs, et à répandre la contagion de sa folie dans les nuits de sabbat.

A ses chevilles délicates traînaient quelques anneaux d'une chaîne d'or rompue, et quand la gêne qui en résultait le forçait à baisser les yeux vers la terre, il contemplait vaniteusement les ongles de ses pieds, brillants et polis comme des pierres bien travaillées.

Il me regarda avec ses yeux inconsolablement navrés, d'où s'écoulait une insidieuse ivresse, et il me dit d'une voix chantante : " Si tu veux, si tu veux, je te ferai le seigneur des âmes, et tu seras le maître de la matière vivante, plus encore que le sculpteur peut l'être de l'argile; et tu connaîtras le plaisir, sans cesse renaissant, de sortir de toi-même pour t'oublier dans autrui, et d'attirer les autres âmes jusqu'à les confondre avec la tienne. "

Et je lui répondis : " Grand merci ! je n'ai que faire de cette pacotille d'êtres qui, sans doute, ne valent pas mieux que mon pauvre moi. Bien que j'aie quelque honte à me souvenir, je ne veux rien oublier; et quand même je ne te connaîtrais pas, vieux monstre, ta mystérieuse coutellerie, tes fioles équivoques, les chaînes dont tes pieds sont empêtrés, sont des symboles qui expliquent assez clairement les inconvénients de ton amitié. Garde tes présents. "

Le second Satan n'avait ni cet air à la fois tragique et souriant, ni ces belles manières insinuantes, ni cette beauté délicate et parfumée. C'était un homme vaste, à gros visage sans yeux, dont la lourde bedaine surplombait les cuisses, et dont toute la peau était dorée et illustrée, comme d'un tatouage, d'une foule de petites figures mouvantes représentant les formes nombreuses de la misère universelle. Il y avait de petits hommes efflanqués qui se suspendaient volontairement à un clou; il y avait de petits gnomes difformes, maigres, dont les yeux suppliants réclamaient l'aumône mieux encore que leurs mains tremblantes; et puis de vieilles mères portant des avortons accrochés à leurs mamelles exténuées. Il y en avait encore bien d'autres.

Le gros Satan tapait avec son poing sur son immense ventre, d'où sortait alors un long et retentissant cliquetis de métal, qui se terminait en un vague gémissement fait de nombreuses voix humaines. Et il riait, en montrant impudemment ses dents gâtées, d'un énorme rire imbécile, comme certains hommes de tous les pays quand ils ont trop bien dîné.

Et celui-là me dit : '' Je puis te donner ce qui obtient tout, ce qui vaut tout, ce qui remplace tout ! '' Et il tapa sur son ventre monstrueux, dont l'écho sonore fit le commentaire de sa grossière parole.

Je me détournai avec dégoût, et je répondis : " Je n'ai besoin, pour ma jouissance, de la misère de personne ; et je ne veux pas d'une richesse attristée, comme un papier de tenture, de tous les malheurs représentés sur ta peau. "

Quant à la Diablesse, je mentirais si je n'avouais pas qu'à première vue je lui trouvai un bizarre charme. Pour définir ce charme, je ne saurais le comparer à rien de mieux qu'à celui des très belles femmes sur le retour, qui cependant ne vieillissent plus, et dont la beauté garde la magie pénétrante des ruines. Elle avait l'air à la fois impérieux et dégingandé, et ses yeux, quoique battus, contenaient une force fascinatrice. Ce qui me frappa le plus, ce fut le mystère de sa voix, dans laquelle je retrouvais le souvenir des contralti les plus délicieux et aussi un peu de l'enrouement des gosiers incessamment lavés par l'eau-de-vie.

" Veux-tu connaître ma puissance ? " dit la fausse déesse avec sa voix charmante et paradoxale. " Ecoute. "

Et elle emboucha alors une gigantesque trompette, enrubannée, comme un mirliton, des titres de tous les journaux de l'univers, et à travers cette trompette elle cria mon nom, qui roula à travers l'espace avec le bruit de cent mille tonnerres, et me revint répercuté par l'écho de la plus lointaine planète.

" Diable ! " fis-je, à moitié subjugué, " ceci est sérieux ! " Mais en examinant plus attentivement la séduisante virago, il me sembla vaguement que je la reconnaissais pour l'avoir vue trinquant avec quelques drôles de ma connaissance ; et le son rauque du cuivre apporta à mes oreilles je ne sais quel souvenir d'une trompette prostituée.

Aussi je répondis, avec tout mon dédain : " Va-t'en ! Je ne suis pas fait pour épouser la maîtresse de certains que je ne veux pas nommer. "

Certes, d'une si courageuse abnégation j'avais le droit d'être fier. Mais malheureusement je me réveillai, et toute ma force m'abandonna. " En vérité, me dis-je, il fallait que je fusse bien lourdement assoupi pour montrer de tels scrupules. *Ah ! s'ils pouvaient revenir pendant que je suis éveillé, je ne ferais pas tant le délicat !* ''

Et je les invoquai à haute voix, les suppliant de me pardonner, leur offrant de me déshonorer aussi souvent qu'il le faudrait pour mériter leurs faveurs ; mais je les avais sans doute fortement offensés, car ils ne sont jamais revenus.

E CRÉPUSCULE DU SOIR. *Le jour tombe. Un grand apaisement se fait dans les pauvres esprits fatigués du labeur de la journée; et leurs pensées prennent maintenant les couleurs tendres et indécises du crépuscule.*

Cependant du haut de la montagne arrive à mon balcon, à travers les nues transparentes du soir, un grand hurlement, composé d'une foule de cris discordants, que l'espace transforme en une lugubre harmonie, comme celle de la marée qui monte ou d'une tempête qui s'éveille.

Quels sont les infortunés que le soir ne calme pas, et qui prennent, comme les hibous, la venue de la nuit pour un signal de sabbat? Cette sinistre ululation nous arrive du noir hospice perché sur la montagne; et, le soir, en fumant et en contemplant le repos de l'immense vallée, hérissée de maisons dont chaque fenêtre dit : " C'est ici la paix maintenant; c'est ici la joie de la famille ! " je puis, quand le vent souffle de là-haut, bercer ma pensée étonnée à cette imitation des harmonies de l'enfer.

Le crépuscule excite les fous. ∽ *Je me souviens que j'ai eu deux amis que le crépuscule rendait tout malades. L'un méconnaissait alors tous les rapports d'amitié et de politesse, et maltraitait, comme un sauvage, le premier venu. Je l'ai vu jeter à la tête d'un maître d'hôtel un excellent poulet, dans lequel il croyait voir je ne sais quel insultant hiéroglyphe. Le soir, précurseur des voluptés profondes, lui gâtait les choses les plus succulentes.*

L'autre, un ambitieux blessé, devenait, à mesure que le jour baissait, plus aigre, plus sombre, plus taquin. Indulgent et sociable encore pendant la journée, il était impitoyable le soir; et ce n'était pas seulement sur autrui, mais aussi sur lui-même, que s'excerçait rageusement sa manie crépusculeuse.

Le premier est mort fou, incapable de reconnaître sa femme et son enfant; le second porte en lui l'inquiétude d'un malaise perpétuel, et fût-il gratifié de tous les honneurs que peuvent conférer les républiques et les princes, je crois que le crépuscule allumerait encore en lui la brûlante envie de distinctions imaginaires.

71

La nuit, qui mettait ses ténèbres dans leur esprit, fait la lumière dans le mien; et, bien qu'il ne soit pas rare de voir la même cause engendrer deux effets contraires, j'en suis toujours comme intrigué et alarmé.

O nuit! ô rafraîchissantes ténèbres! vous êtes pour moi le signal d'une fête intérieure, vous êtes la délivrance d'une angoisse! Dans la solitude des plaines dans les labyrinthes pierreux d'une capitale, scintillement des étoiles, explosion des lanternes, vous êtes le feu d'artifice de la déesse Liberté!

Crépuscule, comme vous êtes doux et tendre! Les lueurs roses qui traînent encore à l'horizon comme l'agonie du jour sous l'oppression victorieuse de sa nuit, les feux des candélabres qui font des taches d'un rouge opaque sur les dernières gloires du couchant, les lourdes draperies qu'une main invisible attire des profondeurs de l'Orient, imitent tous les sentiments compliqués qui luttent dans le cœur de l'homme aux heures solennelles de la vie.

On dirait encore une de ces robes étranges de danseuses, où une gaze transparente et sombre laisse entrevoir les splendeurs amorties d'une jupe éclatante, comme sous le noir présent transperce le délicieux passé ; et les étoiles vacillantes d'or et d'argent, dont elle est semée, représentent ces feux de la fantaisie qui ne s'allument bien que sous le deuil profond de la Nuit.

A SOLITUDE. *Un gazetier philanthrope me dit que la solitude est mauvaise pour l'homme; et à l'appui de sa thèse, il cite, comme tous les incrédules, des paroles des Pères de l'Eglise.*

Je sais que le Démon fréquente volontiers les lieux arides, et que l'Esprit du meurtre et de lubricité s'enflamme merveilleusement dans les solitudes. Mais il serait possible que cette solitude ne fût dangereuse que pour l'âme oisive et divagante qui la peuple de ses passions et de ses chimères.

Il est certain qu'un bavard, dont le suprême plaisir consiste à parler du haut d'une chaire ou d'une tribune, risquerait fort de devenir fou furieux dans l'île de Robinson. Je n'exige pas de mon gazetier les courageuses vertus de Crusoé, mais je demande qu'il ne décrète pas d'accusation les amoureux de la solitude et du mystère.

Il y a dans nos races jacassières des individus qui accepteraient avec moins de répugnance le supplice suprême, s'il leur était permis de faire du haut de l'échafaud une copieuse harangue, sans craindre que les tambours de Santerre ne leur coupassent intempestivement la parole.

Je ne les plains pas, parce que je devine que leurs effusions oratoires leur procurent des voluptés égales à celles que d'autres tirent du silence et du recueillement; mais je les méprise.

Je désire surtout que mon maudit gazetier me laisse m'amuser à ma guise. " Vous n'éprouvez donc jamais, ∽ me dit-il, avec un ton de nez très apostolique, ∽ le besoin de partager vos jouissances ? " Voyez-vous le subtil envieux ! Il sait que je dédaigne les siennes, et il vient s'insinuer dans les miennes, le hideux trouble-fête !

" Ce grand malheur de ne pouvoir être seul !... " dit quelque part La Bruyère, comme pour faire honte à tous ceux qui courent s'oublier dans la foule, craignant sans doute de ne pouvoir se supporter eux-mêmes.

" Presque tous nos malheurs nous viennent de n'avoir pas su rester dans notre chambre, " dit un autre sage, Pascal, je crois, rappelant ainsi dans la cellule du recueillement tous ces

affolés qui cherchent le bonheur dans le mouvement et dans une prostitution que je pourrais
appeler fraternitaire, si je voulais parler la
belle langue de mon siècle.

ES PROJETS. *Il se disait, en se promenant dans un grand parc solitaire : " Comme elle serait belle dans un costume de cour, compliqué et fastueux, descendant, à travers l'atmosphère d'un beau soir, les degrés de marbre d'un palais, en face des grandes pelouses et des bassins ! Car elle a naturellement l'air d'une princesse. "*

En passant plus tard dans une rue, il s'arrêta devant une boutique de gravures, et, trouvant dans un carton une estampe représentant un paysage tropical, il se dit : " Non ! ce n'est pas dans un palais que je voudrais posséder sa chère vie. Nous n'y serions pas chez nous. D'ailleurs ces murs criblés d'or ne laisseraient pas une place pour accrocher son image ; dans ces solennelles galeries, il n'y a pas un coin pour l'intimité. Décidément, c'est là qu'il faudrait demeurer pour cultiver le rêve de ma vie. "

Et, tout en analysant des yeux les détails de la gravure, il continuait mentalement : " Au bord de la mer, une belle case en bois, enveloppée de tous ces arbres bizarres et luisants dont j'ai oublié les noms..., dans l'atmosphère, une odeur enivrante, indéfinissable..., dans la case un puissant parfum de rose et de musc..., plus loin, derrière notre petit domaine, des bouts de mâts balancés par la houle..., autour de nous, au delà de la chambre éclairée d'une lumière rose tamisée par les stores, décorée de nattes fraîches et de fleurs capiteuses, avec de rares sièges d'un rococo Portugais, d'un bois lourd et ténébreux (où elle reposerait si calme, si bien éventée, fumant le tabac légèrement opiacé !), au delà de la varangue, le tapage des oiseaux ivres de lumières, et le jacassement des petites négresses..., et, la nuit, pour servir d'accompagnement à mes songes, le chant plaintif des arbres à musique, des mélancoliques filaos ! Oui, en vérité, c'est bien là le décor que je cherchais. Qu'ai-je à faire de palais ? ''

Et plus loin, comme il suivait une grande avenue, il aperçut une auberge proprette, où d'une fenêtre égayée par des rideaux d'indienne bariolée se penchaient deux têtes rieuses. Et tout de suite : '' Il faut, ∾ se dit-il, ∾ que ma pensée soit une grande vagabonde pour aller chercher si loin ce qui est si près de moi. Le plaisir et le bonheur sont dans la première auberge venue, dans l'auberge du hasard, si féconde en voluptés. Un grand feu, des faïences voyantes, un souper passable, un vin rude, et un lit très large avec des draps un peu âpres, mais frais ; quoi de mieux ? "

Et en rentrant seul chez lui, à cette heure où les conseils de la Sagesse ne sont plus étouffés par les bourdonnements de la vie extérieure, il se dit : " J'ai eu aujourd'hui, en rêve, trois domiciles où j'ai trouvé un égal plaisir. Pourquoi contraindre mon corps à changer de place, puisque mon âme voyage si lestement ? Et à quoi bon exécuter des projets, puisque le projet est en lui-même une jouissance suffisante ? "

A BELLE DOROTHÉE.

Le soleil accable la ville de sa lumière droite et terrible ; le sable est éblouissant et la mer miroite. Le monde stupéfié s'affaisse lâchement et fait la sieste, une sieste qui est une espèce de mort savoureuse où le dormeur, à demi éveillé, goûte les voluptés de son anéantissement.

Cependant Dorothée, forte et fière comme le soleil, s'avance dans la rue déserte, seule vivante à cette heure sous l'immense azur, et faisant sur la lumière une tache éclatante et noire.

Elle s'avance, balançant mollement son torse si mince sur ses hanches si larges. Sa robe de soie collante, d'un ton clair et rose, tranche vivement sur les ténèbres de sa peau et moule exactement sa taille longue, son dos creux et sa gorge pointue.

Son ombrelle rouge, tamisant la lumière, projette sur son visage sombre le fard sanglant de ses reflets.

Le poids de son énorme chevelure presque bleue tire en arrière sa tête délicate et lui donne un air triomphant et paresseux. De lourdes pendeloques gazouillent secrètement à ses mignonnes oreilles.

De temps en temps la brise de mer soulève par le coin sa jupe flottante et montre sa jambe luisante et superbe; et son pied, pareil aux pieds des déesses de marbre que l'Europe enferme dans ses musées, imprime fidèlement sa forme sur le sable fin. Car Dorothée est si prodigieusement coquette, que le plaisir d'être admirée l'emporte chez elle sur l'orgueil de l'affranchie, et, bien qu'elle soit libre, elle marche sans souliers.

Elle s'avance ainsi, harmonieusement, heureuse de vivre et souriant d'un blanc sourire, comme si elle apercevait au loin dans l'espace un miroir reflétant sa démarche et sa beauté.

A l'heure où les chiens eux-mêmes gémissent de douleur sous le soleil qui les mord, quel puissant motif fait donc aller ainsi la paresseuse Dorothée, belle et froide comme le bronze?

Pourquoi a-t-elle quitté sa petite case si coquettement arrangée, dont les fleurs et les nattes font à si peu de frais un parfait boudoir;

81

où elle prend tant de plaisir à se peigner, à fumer, à se faire éventer ou à se regarder dans le miroir de ses grands éventails de plumes, pendant que la mer, qui bat la plage à cent pas de là, fait à ses rêveries indécises un puissant et monotone accompagnement, et que la marmite de fer, où cuit un ragoût de crabes au riz et au safran, lui envoie, du fond de la cour, ses parfums excitants?

Peut-être a-t-elle un rendez-vous avec quelque jeune officier qui, sur des plages lointaines, a entendu parler par ses camarades de la célèbre Dorothée. Infailliblement elle le priera, la simple créature, de lui décrire le bal de l'Opéra, et lui demandera si on peut y aller pieds nus, comme aux danses du dimanche, où les vieilles Cafrines elles-mêmes deviennent ivres et furieuses de joie; et puis encore si les belles dames de Paris sont toutes plus belles qu'elle.

Dorothée est admirée et choyée de tous, et elle serait parfaitement heureuse si elle n'était obligée d'entasser piastre sur piastre pour racheter sa petite sœur qui a bien onze ans, et qui est déjà mûre, et si belle! Elle réussira sans

doute, la bonne Dorothée ; le maître de l'enfant
est si avare, trop avare pour comprendre une
autre beauté que celle des écus !

ES YEUX DES PAUVRES.
Ah! vous voulez savoir pourquoi je vous hais aujourd'hui. Il vous sera sans doute moins facile de le comprendre qu'à moi de vous l'expliquer ; car vous êtes, je crois, le plus bel exemple d'imperméabilité féminine qui se puisse rencontrer.

Nous avions passé ensemble une longue journée qui m'avait paru courte. Nous nous étions bien promis que toutes nos pensées nous seraient communes à l'un et à l'autre, et que nos deux âmes désormais n'en feraient plus qu'une ; ∽ un rêve qui n'a rien d'original, après tout, si ce n'est que, rêvé par tous les hommes, il n'a été réalisé par aucun.

Le soir, un peu fatiguée, vous voulûtes vous asseoir devant un café neuf qui formait le coin d'un boulevard neuf, encore tout plein de gravois et montrant déjà glorieusement ses splendeurs inachevées. Le café étincelait. Le gaz lui-même y déployait toute l'ardeur d'un début, et éclairait de toutes ses forces les murs aveuglants de blancheur, les nappes éblouissantes des miroirs, les ors des baguettes et des corniches, les pages aux joues rebondies traînés par les chiens en laisse, les dames riant au faucon perché sur leur poing, les nymphes et les déesses portant sur leur tête des fruits, des pâtés et du gibier, les Hébés et les Ganymèdes présentant à bras tendu la petite amphore à bavaroises ou l'obélisque bicolore des glaces panachées; toute l'histoire et toute la mythologie mises au service de la goinfrerie.

Droit devant nous, sur la chaussée, était planté un brave homme d'une quarantaine d'années, au visage fatigué, à la barbe grisonnante, tenant d'une main un petit garçon et portant sur l'autre bras un petit être trop faible pour marcher. Il remplissait l'office de bonne et faisait prendre à ses enfants l'air du soir. Tous en guenilles. Ces trois visages étaient extraordinairement sérieux, et ces six yeux contemplaient fixement le café nouveau avec une admiration égale, mais nuancée diversement par l'âge.

Les yeux du père disaient : '' Que c'est beau ! que c'est beau ! on dirait que tout l'or du pauvre monde est venu se porter sur ces

85

murs. " ↜ Les yeux du petit garçon : " Que c'est beau ! que c'est beau ! mais c'est une maison où peuvent seuls entrer les gens qui ne sont pas comme nous. " ↜ Quant aux yeux du plus petit, ils étaient trop fascinés pour exprimer autre chose qu'une joie stupide et profonde.

Les chansonniers disent que le plaisir rend l'âme bonne et amollit le cœur. La chanson avait raison ce soir-là, relativement à moi. Non seulement j'étais attendri par cette famille d'yeux, mais je me sentais un peu honteux de nos verres et de nos carafes, plus grands que notre soif. Je tournais mes regards vers les vôtres, cher amour, pour y lire ma pensée ; je plongeais dans vos yeux si beaux et si bizarrement doux, dans vos yeux verts, habités par le Caprice et inspirés par la Lune, quand vous me dites : " Ces gens-là me sont insupportables avec leurs yeux ouverts comme des portes cochères ! Ne pourriez-vous pas prier le maître du café de les éloigner d'ici ? "

Tant il est difficile de s'entendre, mon cher ange, et tant la pensée est incommunicable, même entre gens qui s'aiment !

NE MORT HÉROIQUE.
Fancioulle était un admirable bouffon, et presque un des amis du
Prince. Mais pour les personnes
vouées par état au comique, les
choses sérieuses ont de fatales
attractions, et, bien qu'il puisse paraître bizarre
que les idées de patrie et de liberté s'emparent
despotiquement du cerveau d'un histrion, un
jour Fancioulle entra dans une conspiration
formée par quelques gentilshommes mécontents.

Il existe partout des traîtres pour dénon-
cer au pouvoir ces individus d'humeur atra-
bilaire qui veulent déposer les princes et opérer,
sans la consulter, le déménagement d'une société.
Les seigneurs en question furent arrêtés, ainsi
que Fancioulle, et voués à une mort certaine.

Je croirais volontiers que le Prince fut presque
fâché de trouver son comédien favori parmi
les rebelles. Le Prince n'était ni meilleur ni
pire qu'un autre ; mais une excessive sensibilité
le rendait, en beaucoup de cas, plus cruel et
plus despote que tous ses pareils. Amoureux
passionné des beaux-arts, excellent connaisseur

d'ailleurs, il était vraiment insatiable de voluptés. Assez indifférent relativement aux hommes et à la morale, véritable artiste lui-même, il ne connaisssait d'ennemi dangereux que l'Ennui, et les efforts bizarres qu'il faisait pour fuir ou pour vaincre ce tyran du monde lui auraient certainement attiré, de la part d'un historien sévère, l'épithète de " monstre ", s'il avait été permis, dans ses domaines, d'écrire quoi que ce fût qui ne tendît pas uniquement au plaisir ou à l'étonnement, qui est une des formes les plus délicates du plaisir. Le grand malheur de ce Prince fut qu'il n'eut jamais un théâtre assez vaste pour son génie. Il y a de jeunes Nérons qui étouffent dans des limites trop étroites, et dont les siècles à venir ignoreront toujours le nom et la bonne volonté. L'imprévoyante Providence avait donné à celui-ci des facultés plus grandes que ses Etats.

Tout d'un coup le bruit courut que le souverain voulait faire grâce à tous les conjurés; et l'origine de ce bruit fut l'annonce d'un grand spectacle où Fancioulle devait jouer l'un de ses principaux et de ses meilleurs rôles, et auquel assisteraient même, disait-on, les gentilshommes condamnés; signe évident, ajoutaient les esprits superficiels, des tendances généreuses du Prince offensé.

De la part d'un homme aussi naturellement et volontairement excentrique, tout était possible, même la vertu, même la clémence, surtout s'il avait pu espérer d'y trouver des plaisirs inattendus. Mais pour ceux qui, comme moi, avaient pu pénétrer plus avant dans les profondeurs de cette âme curieuse et malade, il était infiniment plus probable que le Prince voulait juger de la valeur des talents scéniques d'un homme condamné à mort. Il voulait profiter de l'occasion pour faire une expérience physiologique d'un intérêt capital, et vérifier jusqu'à quel point les facultés habituelles d'un artiste pouvaient être altérées ou modifiées par la situation extraordinaire où il se trouvait; au-delà, existait-il dans son âme une intention plus ou moins arrêtée de clémence? C'est un point qui n'a jamais pu être éclairci.

Enfin, le grand jour arrivé, cette petite cour déploya toutes ses pompes, et il serait difficile de concevoir, à moins de l'avoir vu, tout ce que la classe privilégiée d'un petit Etat, à ressources restreintes, peut montrer de splendeurs pour une vraie solennité. Celle-là était doublement vraie, d'abord par la magie du luxe étalé, ensuite par l'intérêt moral et mystérieux qui y était attaché.

Le sieur Fancioulle excellait surtout dans les rôles muets ou peu chargés de paroles, qui sont souvent les principaux dans ces drames féeriques dont l'objet est de représenter symboliquement le mystère de la vie. Il entra en scène légèrement et avec une aisance parfaite, ce qui contribua à fortifier, dans le noble public, l'idée de douceur et de pardon.

Quand on dit d'un comédien : " Voilà un bon comédien ", on se sert d'une formule qui implique que sous le personnage se laisse encore deviner le comédien, c'est-à-dire l'art, l'effort, la volonté. Or, si un comédien arrivait à être, relativement au personnage qu'il est chargé d'exprimer, ce que les meilleures statues de l'antiquité, miraculeusement animées, vivantes, marchantes, voyantes, seraient relativement à l'idée générale et confuse de beauté, ce serait là, sans doute, un cas singulier et tout à fait imprévu. Fancioulle fut, ce soir-là, une parfaite idéalisation, qu'il était impossible ne pas supposer vivante, possible, réelle. Ce bouffon allait, venait, riait, pleurait, se convulsait, avec une indestructible auréole autour de la tête, auréole invisible pour tous, mais visible pour moi, et où se mêlaient, dans un étrange amalgame, les rayons de l'Art et la gloire du Martyre. Fancioulle introduisait, par je ne sais quelle grâce spéciale, le divin et le surnaturel, jusque dans les plus extravagantes bouffonneries. Ma plume tremble, et des larmes d'une émotion toujours présente me montent aux yeux pendant que je cherche à vous décrire cette inoubliable soirée. Fancioulle me prouvait, d'une manière péremptoire, irréfutable, que l'ivresse de l'Art est plus apte que toute autre à voiler les terreurs du gouffre; que le génie peut jouer la comédie au bord de la tombe avec une joie qui l'empêche de voir la tombe, perdu, comme il est, dans un paradis excluant toute idée de tombe et de destruction.

Tout ce public, si blasé et frivole qu'il pût être, subit bientôt la toute-puissante domination de l'artiste. Personne ne rêva plus de mort, de deuil, ni de supplices. Chacun s'abandonna, sans inquiétude, aux voluptés multipliées que donne la vue d'un chef-d'œuvre d'art vivant. Les explosions de la joie et de l'admiration ébranlèrent à plusieurs reprises les voûtes de l'édifice avec l'énergie d'un tonnerre continu. Le Prince lui-même, enivré, mêla ses applaudissements à ceux de sa cour.

Cependant, pour un œil clairvoyant, son ivresse, à lui, n'était pas sans mélange. Se sentait-il vaincu dans son pouvoir de despote? Se sentait-il humilié dans son art de terrifier les cœurs et d'engourdir les esprits? Se sentait-il frustré de ses espérances et bafoué dans ses prévisions? De telles suppositions non exactement justifiées, mais non absolument injustifiables, traversèrent mon esprit pendant que je contemplais le visage du Prince, sur lequel une pâleur nouvelle s'ajoutait sans cesse à sa pâleur habituelle, comme la neige s'ajoute à la neige. Ses lèvres se resserraient de plus en plus, et ses yeux s'éclainiaient d'un feu intérieur semblable à celui de la jalousie et de la rancune, même pendant qu'il applaudissait ostensiblement les talents de son vieil ami, l'étrange bouffon, qui bouffonnait si bien la mort. A un certain moment, je vis son Altesse se pencher vers un petit page, placé derrière elle, et lui parler à l'oreille. La physionomie espiègle du joli enfant s'illumina d'un sourire; et puis il quitta vivement la loge princière comme pour s'acquitter d'une commission urgente.

Quelques minutes plus tard un coup de sifflet aigu, prolongé, interrompit Fancioulle dans un de ses meilleurs moments, et déchira à la fois les oreilles et les cœurs. Et de l'endroit de la salle d'où avait jailli cette désapprobation inattendue, un enfant se précipitait dans un corridor avec des rires étouffés.

Fancioulle, secoué, réveillé dans son rêve, ferma d'abord les yeux, puis les rouvrit presque aussitôt, démesurément agrandis, ouvrit ensuite la bouche comme pour respirer convulsivement, chancela un peu en avant, un peu en arrière, et puis tomba roide mort sur les planches.

Le sifflet, rapide comme un glaive, avait-il réellement frustré le bourreau? Le Prince avait-il lui-même deviné tout l'homicide efficacité de sa ruse? Il est permis d'en douter. Regretta-t-il son cher et inimitable Fancioulle? Il est doux et légitime de le croire.

Les gentilshommes coupables avaient joui pour la dernière fois de la comédie. Ils moururent dans la nuit. Depuis lors, plusieurs mimes, justement appréciés dans différents pays, sont venus jouer devant la cour de   ; mais aucun d'eux n'a pu rappeler les merveilleux talents de Fancioulle, ni s'élever jusqu'à la même faveur.

A FAUSSE MONNAIE.

Comme nous nous éloignions du bureau de tabac, mon ami fit un soigneux triage de sa monnaie; dans la poche gauche de son gilet il glissa de petites pièces d'or; dans la droite, de petites pièces d'argent; dans la poche gauche de sa culotte, un paquet de gros sols, et enfin, dans la droite, une pièce d'argent de deux francs qu'il avait particulièrement examinée.

" Singulière et minutieuse répartition! " me dis-je en moi-même.

Nous fîmes la rencontre d'un pauvre qui nous tendit sa casquette en tremblant. ∽ Je ne connais rien de plus inquiétant que l'éloquence muette de ces yeux suppliants, qui contiennent à la fois, pour l'homme qui sait y lire, tant d'humilité, tant de reproches. Il trouve quelque chose approchant cette profondeur de sentiment compliqué, dans les yeux larmoyants des chiens qu'on fouette.

L'offrande de mon ami fut beaucoup plus considérable que la mienne, et je lui dis : " Vous

95

avez raison; après le plaisir d'être étonné, il n'en est pas de plus grand que celui de causer une surprise. ❧ C'était la pièce fausse ", me répondit-il tranquillement, comme pour se justifier de sa prodigalité.

Mais dans mon misérable cerveau, toujours occupé à chercher midi à quatorze heures (de quelle fatigante faculté la nature m'a fait cadeau!) entra soudainement cette idée qu'une pareille conduite, de la part de mon ami, n'était excusable que par le désir de créer un événement dans la vie de ce pauvre diable, peut-être même de connaître les conséquences diverses, funestes ou autres, que peut engendrer une pièce fausse dans la main d'un mendiant. Ne pouvait-elle pas se multiplier en pièces vraies? ne pouvait-elle pas aussi le conduire en prison? Un cabaretier, un boulanger, par exemple, allait peut-être le faire arrêter comme faux monnayeur ou comme propagateur de fausse monnaie. Tout aussi bien la pièce fausse serait peut-être, pour un pauvre petit spéculateur, le germe d'une richesse de quelques jours. Et ainsi ma fantaisie allait son train, prêtant des ailes à l'esprit de mon ami et tirant toutes les déductions possibles de toutes les hypothèses possibles.

Mais celui-ci rompit brusquement ma rêverie en reprenant mes propres paroles : " Oui, vous avez raison ; il n'est pas de plaisir plus doux que de surprendre un homme en lui donnant plus qu'il n'espère. "

Je le regardai dans le blanc des yeux, et je fus épouvanté de voir que ses yeux brillaient d'une incontestable candeur. Je vis alors clairement qu'il avait voulu faire à la fois la charité et une bonne affaire ; gagner quarante sols et le cœur de Dieu ; emporter le paradis économiquement ; enfin attraper gratis un brevet d'homme charitable. Je lui aurais presque pardonné le désir de la criminelle jouissance dont je le supposais tout à l'heure capable ; j'aurais trouvé curieux, singulier, qu'il s'amusât à compromettre les pauvres ; mais je ne lui pardonnerai jamais l'ineptie de son calcul. On n'est jamais excusable d'être méchant, mais il y a quelque mérite à savoir qu'on l'est ; et le plus irréparable des vices est de faire le mal par bêtise.

E DIABLE. *Hier, à travers la foule du boulevard, je me sentis frôlé par un Être mysté-rieux que j'avais toujours désiré connaître, et que je reconnus tout de suite, quoique je ne l'eusse jamais vu. Il y avait sans doute chez lui, rela-tivement à moi, un désir analogue, car il me fit, en passant, un clignement d'œil significatif auquel je me hâtai d'obéir. Je le suivis atten-tivement, et bientôt je descendis derrière lui dans une demeure souterraine, éblouissante, où éclatait un luxe dont aucune des habitations supérieures de Paris ne pourrait fournir un exemple approximatif. Il me parut singulier que j'eusse pu passer si souvent à côté de ce pres-tigieux repaire sans en deviner l'entrée. Là régnait une atmosphère exquise, quoique capi-teuse, qui faisait oublier presque instantanément toutes les fastidieuses horreurs de la vie; on y respirait une béatitude sombre, analogue à celle que durent éprouver les mangeurs de lotus quand, débarquant dans une île enchantée, éclairée des lueurs d'une éternelle après-midi,*

ils sentirent naître en eux, aux sons assoupissants des mélodieuses cascades, le désir de ne jamais revoir leurs pénates, leurs femmes, leurs enfants, et de ne jamais remonter sur les hautes lames de la mer.

Il y avait là des visages étranges d'hommes et de femmes, marqués d'une beauté fatale, qu'il me semblait avoir vus déjà à des époques et dans des pays dont il m'était impossible de me souvenir exactement, et qui m'inspiraient plutôt une sympathie fraternelle que cette crainte qui naît ordinairement à l'aspect de l'inconnu. Si je voulais essayer de définir d'une manière quelconque l'expression singulière de leurs regards, je dirais que jamais je ne vis d'yeux brillant plus énergiquement de l'horreur de l'ennui et du désir immortel de se sentir vivre.

Mon hôte et moi, nous étions déjà, en nous asseyant, de vieux et parfaits amis. Nous mangeâmes, nous bûmes outre mesure de toutes sortes de vins extraordinaires, et, chose non moins extraordinaire, il me semblait, après plusieurs heures, que je n'étais pas plus ivre que lui. Cependant le jeu, ce plaisir surhumain, avait coupé

99

à divers intervalles nos fréquentes libations, et je dois dire que j'avais joué et perdu mon âme, en partie liée, avec une insouciance et une légèreté héroïques. L'âme est une chose si impalpable, si souvent inutile et quelquefois si gênante, que je n'éprouvai, quant à cette perte, qu'un peu moins d'émotion que si j'avais égaré, dans une promenade, ma carte de visite.

Nous fumâmes longuement quelques cigares dont la saveur et le parfum incomparables donnaient à l'âme la nostalgie de pays et de bonheurs inconnus, et, enivré de toutes ces ces délices, j'osai, dans un accès de familiarité qui ne parut pas lui déplaire, m'écrier, en m'emparant d'une coupe pleine jusqu'au bord : " A votre immortelle santé ! " Nous causâmes aussi de l'univers, de sa création et de sa future destruction ; de la grande idée du siècle, c'est-à-dire du progrès et de la perfectibilité, et, en général, de toutes les formes de l'infatuation humaine. Sur ce sujet-là, Son Altesse ne tarissait pas en plaisanteries légères et irréfutables, et elle s'exprimait avec une suavité de diction et une tranquillité dans la drôlerie que

je n'ai vues dans aucun des plus célèbres cau-
seurs de l'humanité. Elle m'expliqua l'absurdité
des différentes philosophies qui avaient jusqu'à
présent pris possession du cerveau humain, et
daigna même me faire confidence de quelques
principes fondamentaux dont il ne me convient
pas de partager les bénéfices et la propriété
avec qui que ce soit. Elle ne se plaignit en aucune façon de la mauvaise réputation dont elle
jouit dans toutes les parties du monde, m'assura
qu'elle était, elle-même, la personne la plus in-
téressée à la destruction de la superstition, et
m'avoua qu'elle n'avait eu peur, relativement à
son propre pouvoir, qu'une seule fois, c'était
le jour où elle avait entendu un prédicateur,
plus subtil que le reste du troupeau humain,
s'écrier en chaire : " Mes chers frères, n'oubliez
jamais, quand vous entendrez vanter le progrès
des lumières, que la plus belle des ruses du
diable est de vous persuader qu'il n'existe pas ! ''

Le souvenir de ce célèbre orateur nous
conduisit naturellement vers le sujet des acadé-
mies, et mon étrange convive m'affirma qu'il
ne dédaignait pas, en beaucoup de cas, d'inspi-

rer la plume, la parole et la conscience des pédagogues, et qu'il assistait presque toujours en personne, quoique invisible, à toutes les séances académiques.

Encouragé par tant de bontés, je lui demandai des nouvelles de Dieu ∽ qui n'a eu ses heures d'impiété? ∽ surtout en compagnie du diable. Il me répondit avec une insouciance nuancée d'une certaine tristesse; mais il parla en hébreu. Il est douteux que Son Altesse ait jamais donné une si longue audience à un simple mortel, et je craignais d'abuser. Enfin comme l'aube frissonnante blanchissait les vitres, ce célèbre personnage, chanté par tant de poètes et servi par tant de philosophes qui travaillent à sa gloire sans le savoir, me dit : " Je veux que vous gardiez de moi un bon souvenir, et vous prouver que Moi, dont on dit tant de mal, je suis quelquefois bon diable, pour me servir d'une de vos locutions vulgaires. Afin de compenser la perte irrémédiable que vous avez faite de votre âme, je vous donne l'enjeu que vous auriez gagné si le sort avait été pour vous, c'est-à-dire la possibilité de soulager et de vaincre, pendant toute votre vie, cette bizarre affection de l'Ennui, qui est la source de toutes vos maladies et de tous vos misérables progrès. Jamais un désir ne sera formé par vous, que je ne vous aide à le réaliser ; vous régnerez sur vos vulgaires semblables ; vous serez fourni de flatteries et même d'adorations ; l'argent, l'or, les diamants, les palais féeriques, viendront vous chercher et vous prieront de les accepter, sans que vous ayez fait un effort pour les gagner ; vous changerez de patrie et de contrée aussi souvent que votre fantaisie vous l'ordonnera ; vous vous soûlerez de voluptés, sans lassitude, dans des pays charmants où il fait toujours chaud et où les femmes sentent aussi bon que les fleurs, ᵥ et cætera, et cætera… ", ajouta-t-il en se levant et en me congédiant avec un bon sourire.

Si ce n'eût été la crainte de m'humilier devant une aussi grande assemblée, je serais volontiers tombé aux pieds de ce joueur généreux pour le remercier de son inouïe munificence. Mais, peu à peu, après que je l'eus quitté, l'incurable défiance rentra dans mon sein ; je n'osais plus croire à un si prodigieux bonheur, et, en me couchant, faisant encore ma prière par un reste d'habitude imbécile, je répétais dans un demi-sommeil : '' Mon Dieu ! Seigneur, mon Dieu ! faites que le diable me tienne sa parole !''

A CORDE. " *Les illusions,* me disait mon ami, sont aussi innombrables peut-être que les rapports des hommes entre eux, ou des hommes avec les choses. Et quand l'illusion disparaît, c'est-à-dire quand nous voyons l'être ou le fait tel qu'il existe en dehors de nous, nous éprouvons un bizarre sentiment, compliqué moitié de regret pour le fantôme disparu, moitié de surprise agréable devant la nouveauté, devant le fait réel. S'il existe un phénomène évident, trivial, toujours semblable, et d'une nature à laquelle il soit impossible de se tromper, c'est l'amour maternel. Il est aussi difficile de supposer une mère sans amour maternel qu'une lumière sans chaleur ; n'est-il donc pas parfaitement légitime d'attribuer à l'amour maternel toutes les actions et les paroles d'une mère, relatives à son enfant ? Et cependant écoutez cette petite histoire, où j'ai été singulièrement mystifié par l'illusion la plus naturelle.*

" *Ma profession de peintre me pousse à regarder attentivement les visages, les physio-*

nomies, qui s'offrent dans ma route, et vous savez quelle jouissance nous tirons de cette faculté qui rend à nos yeux la vie plus vivante et plus significative que pour les autres hommes. Dans le quartier reculé que j'habite, et où de vastes espaces gazonnés séparent encore les bâtiments, j'observai souvent un enfant dont la physionomie ardente et espiègle, plus que toutes les autres, me séduisit tout d'abord. Il a posé plus d'une fois pour moi, et je l'ai transformé tantôt en petit bohémien, tantôt en ange, tantôt en Amour mythologique. Je lui ai fait porter le violon du vagabond, la Couronne d'Épines et les Clous de la Passion, et la Torche d'Éros. Je pris enfin à toute la drôlerie de ce gamin un plaisir si vif, que je priai un jour ses parents, de pauvres gens, de vouloir bien me le céder, promettant de bien l'habiller, de lui donner quelque argent et de ne pas lui imposer d'autre peine que de nettoyer mes pinceaux et de faire mes commissions. Cet enfant, débarbouillé, devint charmant, et la vie qu'il menait chez moi lui semblait un paradis, comparativement à celle qu'il aurait subie dans le domicile paternel.

Seulement il manifesta bientôt un goût immodéré pour le sucre et les liqueurs ; si bien qu'un jour où je constatai que, malgré mes nombreux avertissements, il avait encore commis un nouveau larcin de ce genre, je le menaçai de le renvoyer à ses parents. Puis je sortis, et mes affaires me retinrent assez longtemps hors de chez moi.

" Quels ne furent pas mon horreur et mon étonnement quand, rentrant à la maison, le premier objet qui frappa mes regards fut mon petit bonhomme, l'espiègle compagnon de ma vie, pendu au panneau de cette armoire ! Ses pieds touchaient presque le plancher ; une chaise, qu'il avait sans doute repoussée du pied, était renversée à côté de lui ; sa tête était penchée convulsivement sur une épaule ; son visage, boursouflé, et ses yeux, tout grands ouverts avec une fixité effrayante, me causèrent d'abord l'illusion de la vie. Le dépendre n'était pas une besogne aussi facile que vous le pouvez croire. Il était déjà fort roide, et j'avais une répugnance inexplicable à le faire brusquement tomber sur le sol. Il fallait le soutenir tout entier avec un bras, et, avec la main de l'autre bras, couper la corde. Mais cela fait, tout n'était pas fini; le petit monstre s'était servi d'une ficelle fort mince qui était entrée profondément dans les chairs, et il fallait maintenant, avec de minces ciseaux, chercher la corde entre les deux bourre-lets de l'enflure, pour lui dégager le cou.

"J'ai négligé de vous dire que j'avais vive-ment appelé au secours; mais tous mes voisins avaient refusé de me venir en aide, fidèle en cela aux habitudes de l'homme civilisé, qui ne veut jamais, je ne sais pourquoi, se mêler des affaires d'un pendu. Enfin vint un médecin qui déclara que l'enfant était mort depuis plusieurs heures. Quand, plus tard, nous eûmes à le déshabiller pour l'ensevelissement, la rigidité cadavérique était telle, que, désespérant de flé-chir les membres, nous dûmes lacérer et couper les vêtements pour les lui enlever.

"Le commissaire, à qui, naturellement, je dus déclarer l'accident, me regarda de travers, et me dit : "Voilà qui est louche!" mû sans doute par un désir invétéré et une habitude d'état de faire peur, à tout hasard, aux innocents comme aux coupables.

" Restait une tâche suprême à accomplir, dont la seule pensée me causa une angoisse terrible : il fallait avertir les parents. Mes pieds refusaient de m'y conduire. Enfin j'eus ce courage. Mais, à mon grand étonnement, la mère fut impassible, pas une larme ne suinta du coin de son œil. J'attribuai cette étrangeté à l'horreur même qu'elle devait éprouver, et je me souvins de la sentence connue : " Les douleurs les plus terribles sont les douleurs muettes. " Quant au père, il se contenta de dire d'un air moitié abruti, moitié rêveur : " Après tout, cela vaut peut-être mieux ainsi; il aurait toujours mal fini ! "

" Cependant le corps était étendu sur mon divan, et, assisté d'une servante, je m'occupais des derniers préparatifs, quand la mère entra dans mon atelier. Elle voulait, disait-elle, voir le cadavre de son fils. Je ne pouvais pas, en vérité, l'empêcher de s'enivrer de son malheur et lui refuser cette suprême et sombre consolation. Ensuite elle me pria de lui montrer l'endroit où son petit s'était pendu. " Oh ! non !

madame, ↜ lui répondis-je, ↜ cela vous ferait mal. " Et comme involontairement mes yeux se tournaient vers la funèbre armoire, je m'aperçus, avec un dégoût mêlé d'horreur et de colère, que le clou était resté fiché dans la paroi, avec un long bout de corde qui traînait encore. Je m'élançais vivement pour arracher ces derniers vestiges du malheur, et comme j'allais les lancer au dehors par la fenêtre ouverte, la pauvre femme saisit mon bras et me dit d'une voix irrésistible : " Oh ! monsieur ! laissez-moi cela ! je vous en prie ! je vous en supplie ! " Son désespoir l'avait, sans doute, me parut-il, tellement affolée, qu'elle s'éprenait de tendresse maintenant pour ce qui avait servi d'instrument à la mort de son fils, et le voulait garder comme une horrible et chère relique. ↜ Et elle s'empara du clou et de la ficelle.

" Enfin ! enfin ! tout était accompli. Il ne me restait plus qu'à me remettre au travail, plus vivement encore que d'habitude, pour chasser peu à peu ce petit cadavre qui hantait les replis de mon cerveau, et dont le fantôme me fatiguait de ses grands yeux fixes. Mais le lendemain je

reçus un paquet de lettres : les unes des loca-
taires de ma maison, quelques autres des maisons
voisines; l'une, du premier étage; l'autre, du
second; l'autre, du troisième, et ainsi de suite,
les unes en style demi plaisant, comme cherchant
à déguiser sous un apparent badinage la sincé-
rité de la demande; les autres, lourdement
effrontées et sans orthographe, mais toutes ten-
dant au même but, c'est-à-dire à obtenir de moi
un morceau de la funeste et béatifique corde.
Parmi les signataires il y avait, je dois le dire,
plus de femmes que d'hommes; mais tous, croyez-
le bien, n'appartenaient pas à la classe infime et
vulgaire. J'ai gardé ces lettres.

" Et alors, soudainement, une lueur se fit
dans mon cerveau, et je compris pourquoi la
mère tenait à m'arracher la ficelle et par quel
commerce elle entendait se consoler. " ∽ Par-
bleu ∽ répondis-je à mon ami ∽ un mètre de
corde de pendu, à cent francs le décimètre, l'un
dans l'autre, chacun payant selon ses moyens,
cela fait mille francs, un réel, un efficace soula-
gement pour cette pauvre mère !

ES VOCATIONS. *Dans un beau jardin où les rayons d'un soleil automnal semblaient s'attarder à plaisir, sous un ciel déjà verdâtre où des nuages d'or flottaient comme des continents en voyage, quatre beaux enfants, quatre garçons, las de jouer sans doute, causaient entre eux.*

L'un disait : " Hier on m'a mené au théâtre. Dans des palais grands et tristes, au fond desquels on voit la mer et le ciel, des hommes et des femmes, sérieux et tristes aussi, mais bien plus beaux et bien mieux habillés que ceux que nous voyons partout, parlent avec une voix chantante. Ils se menacent, ils supplient, ils se désolent, et ils appuient souvent leur main sur un poignard enfoncé dans leur ceinture. Ah! c'est bien beau ! Les femmes sont bien plus belles et bien plus grandes que celles qui viennent nous voir à la maison, et, quoique avec leurs grands yeux creux et leurs joues enflammées elles aient l'air terrible, on ne peut pas s'empêcher de les aimer. On a peur, on a envie de pleurer, et cependant on est content... Et puis, ce qui est

plus singulier, cela donne envie d'être habillé de même, de dire et de faire les mêmes choses, et de parler avec la même voix... "

L'un des quatre enfants, qui depuis quelques secondes n'écoutait plus le discours de son camarade et observait avec une fixité étonnante je ne sais quel point du ciel, dit tout à coup : " Regardez, regardez là-bas... ! Le voyez-vous ? Il est assis sur ce petit nuage isolé, ce petit nuage couleur de feu, qui marche doucement. Lui aussi, on dirait qu'il nous regarde. "

" Mais qui donc ? " demandèrent les autres.

" Dieu ! " répondit-il avec un accent parfait de conviction. " Ah ! il est déjà bien loin; tout à l'heure, vous ne pourrez plus le voir. Sans doute il voyage, pour visiter tous les pays. Tenez, il va passer derrière cette rangée d'arbres qui est presque à l'horizon... et maintenant il descend derrière le clocher... Ah ! on ne le voit plus ! " Et l'enfant resta longtemps tourné du même côté, fixant sur la ligne qui sépare la terre du ciel des yeux où brillait une inexprimable expression d'extase et de regret.

" Est-il bête, celui-là, avec son bon Dieu, que

113

lui seul peut apercevoir !" dit alors le troisième, dont toute la petite personne était marquée d'une vivacité et d'une vitalité singulières. Moi, je vais vous raconter comment il m'est arrivé quelque chose qui ne vous est jamais arrivé, et qui est un peu plus intéressant que votre théâtre et vos nuages. ∽ Il y a quelques jours, mes parents m'ont emmené en voyage avec eux, et, comme dans l'auberge où nous nous sommes arrêtés, il n'y avait pas assez de lits pour nous tous, il a été décidé que je dormirais dans le même lit que ma bonne." ∽ Il attira ses camarades plus près de lui, et parla d'une voix plus basse.

∽ " Ça fait un singulier effet, allez, de n'être pas couché seul et d'être dans un lit avec sa bonne, dans les ténèbres. Comme je ne dormais pas, je me suis amusé, pendant qu'elle dormait, à passer ma main sur ses bras, sur son cou et sur ses épaules. Elle a les bras et le cou bien plus gros que toutes les autres femmes, et la peau en est si douce, si douce, qu'on dirait du papier à lettre ou du papier de soie. J'y avais tant de plaisir que j'aurais longtemps continué, si je n'avais pas eu peur, peur de la réveiller d'abord, et puis encore peur de je ne sais quoi. Ensuite j'ai fourré ma tête dans ses cheveux qui pendaient dans son dos, épais comme une crinière, et ils sentaient aussi bon, je vous assure, que les fleurs du jardin, à cette heure-ci. Essayez, quand vous pourrez, d'en faire autant que moi, et vous verrez ! "

Le jeune auteur de cette prodigieuse révélation avait, en faisant son récit, les yeux écarquillés par une sorte de stupéfaction de ce qu'il éprouvait encore, et les rayons du soleil couchant, en glissant à travers les boucles rousses de sa chevelure ébouriffée, y allumaient comme une auréole sulfureuse de passion. Il était facile de deviner que celui-là ne perdrait pas sa vie à chercher la Divinité dans les nuées, et qu'il la trouverait fréquemment ailleurs.

Enfin le quatrième dit : " Vous savez que je ne m'amuse guère à la maison ; on ne me mène jamais au spectacle ; mon tuteur est trop avare ; Dieu ne s'occupe pas de moi et de mon ennui, et je n'ai pas une belle bonne pour me dorloter. Il m'a souvent semblé que mon plaisir serait d'aller toujours droit devant moi, sans savoir où, sans que personne s'en inquiète, et de voir toujours des pays nouveaux. Je ne suis jamais bien nulle part, et je crois toujours que je serais mieux ailleurs que là où je suis. Eh bien! j'ai vu, à la dernière foire du village voisin, trois hommes qui vivent comme je voudrais vivre. Vous n'y avez pas fait attention, vous autres. Ils étaient grands, presque noirs et très fiers, quoique en guenilles, avec l'air de n'avoir besoin de personne. Leurs grands yeux sombres sont devenus tout à fait brillants pendant qu'ils faisaient de la musique ; une musique si surprenante qu'elle donne envie tantôt de danser, tantôt de pleurer, ou de faire les deux à la fois, et qu'on deviendrait comme fou si on les écoutait trop longtemps. L'un, en traînant son archet sur son violon, semblait raconter un chagrin, et l'autre, en faisant sautiller son petit marteau sur les cordes d'un petit piano suspendu à son cou par une courroie, avait l'air de se moquer de la plainte de son voisin, tandis que le troisième choquait de temps à autre ses cymbales avec une violence extraordinaire. Ils étaient si contents d'eux-mêmes, qu'ils ont continué à jouer leur musique de sauvages, même après que la foule s'est dispersée. Enfin ils ont ramassé leurs sous, ont chargé leur bagage sur leur dos, et sont partis. Moi, voulant savoir où ils demeuraient, je les ai suivis de loin, jusqu'au bord de la forêt, où j'ai compris seulement alors, qu'ils ne demeuraient nulle part.

Alors l'un a dit : " Faut-il déployer la tente ? "

" Ma foi ! non ! " a répondu l'autre, " il fait une si belle nuit ! "

Le troisième disait en comptant la recette : " Ces gens-là ne sentent pas la musique, et leurs femmes dansent comme des ours. Heureusement, avant un mois nous serons en Autriche, où nous trouverons un peuple plus aimable. "

" Nous ferions peut-être mieux d'aller vers l'Espagne, car voici la saison qui s'avance ; fuyons avant les pluies et ne mouillons que notre gosier ", a dit un des deux autres.

" J'ai tout retenu, comme vous voyez. Ensuite ils ont bu chacun une tasse d'eau-de-vie et se sont endormis, le front tourné vers les étoiles. J'avais eu d'abord envie de les prier de m'emmener avec eux et de m'apprendre à jouer de leur instruments ; mais je n'ai pas osé, sans doute parce qu'il est toujours très difficile de se décider à n'importe quoi, et aussi parce j'avais peur d'être rattrapé avant d'être hors de France. ''

L'air peu intéressé des trois autres camarades me donna à penser que ce petit était déjà un incompris. Je le regardais attentivement ; il y avait dans son œil et dans son front ce je ne sais quoi de précocement fatal qui éloigne généralement la sympathie, et qui, je ne sais pourquoi, excitait la mienne, au point que j'eus un instant l'idée bizarre que je pouvais avoir un frère à moi-même inconnu.

Le soleil s'était couché. La nuit solennelle avait pris place. Les enfants se séparèrent, chacun allant, à son insu, selon les circonstances et les hasards, mûrir sa destinée, scandaliser ses proches et graviter vers la gloire ou vers le déshonneur.

E THYRSE. A FRANZ LISZT. *Qu'est-ce qu'un thyrse ? Selon le sens moral et poétique, c'est un emblème sacerdotal dans la main des prêtres ou des prêtresses célébrant la divinité dont ils sont les interprètes et les serviteurs. Mais physiquement ce n'est qu'un bâton, un pur bâton, perche à houblon, tuteur de vigne, sec, dur et droit. Autour de ce bâton, dans des méandres capricieux, se jouent et folâtrent des tiges et des fleurs, celles-ci sinueuses et fuyardes, celles-là penchées comme des cloches ou des coupes renversées. Et une gloire étonnante jaillit de cette complexité de lignes et de couleurs, tendres ou éclatantes. Ne dirait-on pas que la ligne courbe et la spirale font leur cour à la ligne droite et dansent autour dans une muette adoration ? Ne dirait-on pas que toutes ces corolles délicates, tous ces calices, explosions de senteurs et de couleurs, exécutent un mystique fandango autour du bâton hiératique ? Et quel est, cependant, le mortel imprudent qui osera décider si les fleurs et les pampres ont été faits pour le bâton, ou si le bâton n'est que le prétexte pour*

montrer la beauté des pampres et des fleurs ? *Le thyrse est la représentation de votre étonnante dualité, maître puissant et vénéré, cher Bacchant de la Beauté mystérieuse et passionnée. Jamais nymphe exaspérée par l'invincible Bacchus ne secoua son thyrse sur les têtes de ses compagnes affolées avec autant d'énergie et de caprice que vous agitez votre génie sur les cœurs de vos frères.* ∽ *Le bâton, c'est votre volonté, droite, ferme et inébranlable; les fleurs, c'est la promenade de votre fantaisie autour de votre volonté; c'est l'élément féminin exécutant autour du mâle ses prestigieuses pirouettes. Ligne droite et ligne arabesque, intention et expression, roideur de la volonté, sinuosité du verbe, unité du but, variété des moyens, amagalme tout puissant et indivisible du génie. quel analyste aura le détestable courage de vous diviser et de vous séparer ?*

Cher Liszt, à travers les brumes, par delà les fleuves, par-dessus les villes où les pianos chantent votre gloire, où l'imprimerie traduit votre sagesse, en quelque lieu que vous soyez, dans les splendeurs de la ville éternelle ou dans les

brumes des pays rêveurs que console Cambrinus,
improvisant des chants de délectation ou d'ineffable douleur, ou confiant au papier vos médi-
tations abstruses, chantre de la Volupté et de
l'Angoisse éternelles, philosophe, poète et
artiste, je vous salue en l'immortalité !

NIVREZ-VOUS. *Il faut être toujours ivre. Tout est là : c'est l'unique question. Pour ne pas sentir l'horrible fardeau du Temps qui brise vos épaules et vous penche vers la terre, il faut vous enivrer sans trêve.*

Mais de quoi? De vin, de poésie ou de vertu, à votre guise. Mais enivrez-vous.

Et si quelquefois, sur les marches d'un palais, sur l'herbe verte d'un fossé, dans la solitude morne de votre chambre, vous vous réveillez, l'ivresse déjà diminuée ou disparue, demandez au vent, à la vague, à l'étoile, à l'oiseau, à l'horloge, à tout ce qui fuit, à tout ce qui gémit, à tout ce qui roule, à tout ce qui chante, à tout ce qui parle, demandez quelle heure il est; et le vent, la vague, l'étoile, l'oiseau, l'horloge, vous répondront : " Il est l'heure de s'enivrer! Pour n'être pas les esclaves martyrisés du Temps, enivrez-vous; enivrez-vous sans cesse! De vin, de poésie ou de vertu, à votre guise. "

ÉJA! *Cent fois déjà le soleil avait jailli, radieux ou attristé, de cette cuve immense de la mer dont les bords ne se laissent qu'à peine apercevoir; cent fois il s'était replongé, étincelant ou morose,* dans son immense bain du soir. Depuis nombre de jours, nous pouvions contempler l'autre côté du firmament et déchiffrer l'alphabet céleste des antipodes. Et chacun des passagers gémissait et grognait. On eût dit que l'approche de la terre exaspérait leur souffrance. '' Quand donc '', disaient-ils, '' cesserons-nous de dormir un sommeil secoué par la lame, troublé par un vent qui ronfle plus haut que nous? Quand pourrons-nous digérer dans un fauteuil immobile? ''*

Il y en avait qui pensaient à leur foyer, qui regrettaient leurs femmes infidèles et maussades, et leur progéniture criarde. Tous étaient si affolés par l'image de la terre absente, qu'ils auraient, je crois, mangé de l'herbe avec plus d'enthousiasme que les bêtes.

Enfin un rivage fut signalé; et nous vîmes, en approchant, que c'était une terre magnifique, éblouissante. Il semblait que les musiques de la vie s'en détachaient en un vague murmure, et que de ces côtes, riches en verdures de toute sorte, s'exhalait, jusqu'à plusieurs lieues, une délicieuse odeur de fleurs et de fruits.

Aussitôt chacun fut joyeux, chacun abdiqua sa mauvaise humeur. Toutes les querelles furent oubliées, tous les torts réciproques pardonnés; les duels convenus furent rayés de la mémoire, et les rancunes s'envolèrent comme des fumées.

Moi seul, j'étais triste, inconcevablement triste. Semblable à un prêtre à qui on arracherait sa divinité, je ne pouvais, sans une navrante amertume, me détacher de cette mer si monstrueusement séduisante, de cette mer si infiniment variée dans son effrayante simplicité, et qui semble contenir en elle et représenter par ses jeux, ses allures, ses colères et ses sourires, les humeurs, les agonies et les extases de toutes les âmes qui ont vécu, qui vivent et qui vivront !

En disant adieu à cette incomparable beauté, je me sentais abattu jusqu'à la mort; et c'est pourquoi, quand chacun de mes compagnons dit : " Enfin ! " je ne pus crier que " Déjà ! "

Cependant c'était la terre, la terre avec ses bruits, ses passions, ses commodités, ses fêtes; c'était une terre riche et magnifique, pleine de promesses, qui nous envoyait un mystérieux parfum de rose et de musc, et d'où les musiques de la vie nous arrivaient en un amoureux murmure.

ES FENÊTRES. *Celui qui regarde du dehors à travers une fenêtre ouverte, ne voit jamais autant de choses que celui qui regarde une fenêtre fermée. Il n'est pas d'objet plus profond, plus mystérieux, plus fécond, plus ténébreux, plus éblouissant, qu'une fenêtre éclairée d'une chandelle. Ce qu'on peut voir au soleil est toujours moins intéressant que ce qui se passe derrière une vitre. Dans ce trou noir ou lumineux vit la vie, rêve la vie, souffre la vie.*

Par delà des vagues de toits, j'aperçois une femme mûre, ridée déjà, pauvre, toujours penchée sur quelque chose, et qui ne sort jamais. Avec son visage, avec son vêtement, avec son geste, avec très peu de données, j'ai refait l'histoire de cette femme, ou plutôt sa légende, et quelquefois je me la raconte à moi-même en pleurant.

Si c'eût été un pauvre vieux homme, j'aurais refait la sienne tout aussi aisément.

Et je me couche, fier d'avoir vécu et souffert dans d'autres que moi-même.

126

Peut-être me direz-vous : " Es-tu sûr que cette légende soit la vraie ? " Qu'importe ce que peut être la réalité placée hors de moi, si elle m'a aidé à vivre, à sentir que je suis et ce que je suis ?

E DÉSIR DE PEINDRE. *Malheureux peut-être l'homme, mais heureux l'artiste que le désir déchire !*

Je brûle de peindre celle qui m'est apparue si rarement et qui a fui si vite, comme une belle chose regrettable derrière le voyageur emporté dans la nuit. Comme il y a longtemps déjà qu'elle a disparu !

Elle est belle, et plus que belle ; elle est surprenante. En elle le noir abonde : et tout ce qu'elle inspire est nocturne et profond. Ses yeux sont deux antres où scintille vaguement le mystère, et son regard illumine comme l'éclair : c'est une explosion dans les ténèbres.

Je la comparerais à un soleil noir, si l'on pouvait concevoir un astre noir versant la lumière et le bonheur. Mais elle fait plus volontiers penser à la lune, qui sans doute l'a marquée de sa redoutable influence ; non pas la lune blanche des idylles, qui ressemble à une froide mariée, mais la lune sinistre et enivrante, suspendue au fond d'une nuit orageuse et bousculée par les nuées qui courent ; non pas la lune paisible et discrète visitant le sommeil des hommes purs, mais la lune arrachée du ciel, vaincue et révoltée, que les sorcières thessaliennes contraignent durement à danser sur l'herbe terrifiée !

Dans son petit front habitent la volonté tenace et l'amour de la proie. Cependant, au bas de ce visage inquiétant, où des narines mobiles aspirent l'inconnu et l'impossible, éclate, avec une grâce inexprimable, le rire d'une grande bouche, rouge et blanche, et délicieuse, qui fait rêver au miracle d'une superbe fleur éclose dans un terrain volcanique.

Il y a des femmes qui inspirent l'envie de les vaincre et de jouir d'elles ; mais celle-ci donne le désir de mourir lentement sous son regard.

ES BIENFAITS DE LA LUNE.
*La Lune, qui est le caprice même,
regarda par la fenêtre pendant que
tu dormais dans ton berceau, et se
dit : " Cette enfant me plaît. "*

*Et elle descendit moelleusement
son escalier de nuages et passa sans bruit à travers
les vitres. Puis elle s'étendit sur toi avec la tendresse souple d'une mère, et elle déposa ses couleurs sur ta face. Tes prunelles en sont restées
vertes, et tes joues extraordinairement pâles.
C'est en contemplant cette visiteuse que tes yeux
se sont si bizarrement agrandis; et elle t'a si
tendrement serré à la gorge que tu en as gardé
pour toujours l'envie de pleurer.*

*Cependant, dans l'expansion de sa joie, la
Lune remplissait toute la chambre comme une
atmosphère phosphorique, comme un poison
lumineux; et toute cette lumière vivante pensait
et disait : " Tu subiras éternellement l'influence
de mon baiser. Tu seras belle à ma manière.
Tu aimeras ce que j'aime et ce qui m'aime :
l'eau, les nuages, le silence et la nuit; la mer
immense et verte; l'eau informe et multiforme;*

le lieu où tu ne seras pas; l'amant que tu ne connaîtras pas; les fleurs monstrueuses; les parfums qui font délirer; les chats qui se pâment sur les pianos et qui gémissent comme les femmes, d'une voix rauque et douce!

" Et tu seras aimée de mes amants, courtisée par mes courtisans. Tu seras la reine des hommes aux yeux verts dont j'ai serré aussi la gorge dans mes caresses nocturnes; de ceux-là qui aiment la mer, la mer immense, tumultueuse et verte, l'eau informe et multiforme, le lieu où ils ne sont pas, la femme qu'ils ne connaissent pas, les fleurs sinistres qui ressemblent aux encensoirs d'une religion inconnue, les parfums qui troublent la volonté, et les animaux sauvages et voluptueux qui sont les emblèmes de leur folie. "

Et c'est pour cela, maudite chère enfant gâtée, que je suis maintenant couché à tes pieds, cherchant dans toute ta personne le reflet de la redoutable Divinité, de la fatidique marraine, de la nourrice empoisonneuse de tous les lunatiques.

AQUELLE EST LA VRAIE?
J'ai connu une certaine Bénédicta, qui remplissait l'atmosphère d'idéal, et dont les yeux répandaient le désir de la grandeur, de la beauté, de la gloire et de tout ce qui fait croire à l'immortalité.

Mais cette fille miraculeuse était trop belle pour vivre longtemps; aussi est-elle morte quelques jours après que j'eus fait sa connaissance, et c'est moi-même qui l'ai enterrée, un jour que le printemps agitait son encensoir jusque dans les cimetières. C'est moi qui l'ai enterrée, bien close dans une bière d'un bois parfumé et incorruptible comme les coffres de l'Inde.

Et comme mes yeux restaient fichés sur le lieu où était enfoui mon trésor, je vis subitement une petite personne qui ressemblait singulièrement à la défunte, et qui, piétinant sur la terre fraîche avec une violence hystérique et bizarre, disait dans ce patois familier de la canaille, que ma pudeur ne saurait reproduire : " C'est moi la vraie Bénédicta ! C'est moi, une fameuse canaille ! Et pour la punition de ta folie et de ton aveuglement, tu m'aimeras telle que je suis ! ''

Mais moi, furieux, j'ai répondu : '' Non ! non ! non ! '' Et pour mieux accentuer mon refus, j'ai frappé si violemment la terre du pied que ma jambe s'est enfoncée jusqu'au genou dans la sépulture récente, et que, comme un loup pris au piège, je reste attaché, pour toujours peut-être, à la fosse de l'idéal.

N CHEVAL DE RACE.
*Elle est bien laide. Elle est déli-
cieuse pourtant !*

*Le Temps et l'Amour l'ont
marquée de leurs griffes et lui ont
cruellement enseigné ce que chaque
minute et chaque baiser emportent de jeunesse
et de fraîcheur.*

*Elle est vraiment laide; elle est fourmi,
araignée, si vous voulez, squelette même ; mais
aussi elle est breuvage, magistère, sorcellerie !
En somme, elle est exquise.*

*Le Temps n'a pu rompre l'harmonie pétill-
lante de sa démarche ni l'élégance indestructible
de son armature. L'Amour n'a pas altéré la
suavité de son haleine d'enfant ; et le Temps
n'a rien arraché de son abondante crinière d'où
s'exhale en fauves parfums toute la vitalité
endiablée du Midi français : Nîmes, Aix,
Arles, Avignon, Narbonne, Toulouse, villes
bénies du soleil, amoureuses et charmantes !*

*Le Temps et l'Amour l'ont vainement mordue
à belles dents; ils n'ont rien diminué du charme
vague, mais éternel, de sa poitrine garçonnière.*

Usée peut-être, mais non fatiguée, et toujours héroïque, elle fait penser à ces chevaux
de grande race que l'œil du véritable amateur
reconnaît, même attelés à un carrosse de louage
ou à un lourd chariot.

Et puis elle est si douce et si fervente ! Elle
aime comme on aime en automne ; on dirait
que les approches de l'hiver allument dans son
cœur un feu nouveau, et la servilité de sa tendresse n'a jamais rien de fatigant.

E MIROIR. *Un homme épou-*
vantable entre et se regarde dans
la glace.

" ∽ Pourquoi vous regardez-
vous au miroir, puisque vous ne pou-
vez vous y voir qu'avec déplaisir ? "
L'homme épouvantable me répond : " ∽ Mon-
sieur, d'après les immortels principes de 89,
tous les hommes sont égaux en droits ; donc
je possède le droit de me mirer ; avec plai-
sir ou déplaisir, cela ne regarde que ma
conscience. "

Au nom du bon sens, j'avais sans doute rai-
son ; mais, au point de vue de la loi, il n'avait
pas tort.

L E PORT. *Un port est un séjour charmant pour une âme
fatiguée des luttes de la vie.
L'ampleur du ciel, l'architecture
mobile des nuages, les colorations
changeantes de la mer, le scintillement des phares, sont un prisme merveilleusement propre à amuser les yeux sans jamais les
lasser. Les formes élancées des navires, au grée-
ment compliqué, auxquels la houle imprime des
oscillations harmonieuses, servent à entretenir
dans l'âme le goût du rythme et de la beauté.
Et puis, surtout, il y a une sorte de plaisir
mystérieux et aristocratique pour celui qui n'a
plus ni curiosité ni ambition, à contempler,
couché dans le belvédère ou accoudé sur le môle,
tous ces mouvements de ceux qui partent et de
ceux qui reviennent, de ceux qui ont encore la
force de vouloir, le désir de voyager ou de
s'enrichir.*

ORTRAITS DE MAITRESSES

Dans un boudoir d'hommes, c'est-à-dire dans un fumoir attenant à un élégant tripot, quatre hommes fumaient et buvaient. Ils n'étaient précisément ni jeunes ni vieux, ni beaux ni laids ; mais, vieux ou jeunes, ils portaient cette distinction non méconnaissable des vétérans de la joie, cet indescriptible je ne sais quoi, cette tristesse froide et railleuse qui dit clairement : " Nous avons fortement vécu, et nous cherchons ce que nous pourrions aimer et estimer. "

L'un d'eux jeta la causerie sur le sujet des femmes. Il eût été plus philosophique de n'en pas parler du tout; mais il y a des gens d'esprit qui, après boire, ne méprisent pas les conversations banales. On écoute alors celui qui parle, comme on écouterait de la musique de danse.

" Tous les hommes, disait celui-ci, ont eu l'âge de Chérubin : c'est l'époque où, faute de dryades, on embrasse, sans dégoût, le tronc des chênes. C'est le premier degré de l'amour. Au second degré, on commence à choisir. Pouvoir

délibérer, c'est déjà une décadence. C'est alors qu'on recherche décidément la beauté. Pour moi, messieurs, je me fais gloire d'être arrivé, depuis longtemps, à l'époque climatérique du troisième degré où la beauté elle-même ne suffit plus, si elle n'est assaisonnée par le parfum, la parure, et cætera. J'avouerai même que j'aspire quelquefois, comme à un bonheur inconnu, à un certain quatrième degré qui doit marquer le calme absolu. Mais, durant toute ma vie, excepté à l'âge de Chérubin, j'ai été plus sensible que tout autre à l'énervante sottise, à l'irritante médiocrité des femmes. Ce que j'aime surtout dans les animaux, c'est leur candeur. Jugez donc combien j'ai dû souffrir par ma dernière maîtresse.

'' C'était la bâtarde d'un prince. Belle, cela va sans dire ; sans cela, pourquoi l'aurais-je prise ? Mais elle gâtait cette grande qualité par une ambition malséante et difforme. C'était une femme qui voulait toujours faire l'homme. '' Vous n'êtes pas un homme ! Ah ! si j'étais un homme ! De nous deux, c'est moi qui suis l'homme ! '' Tels étaient les insupportables refrains qui sortaient de cette bouche, d'où je n'aurais voulu voir s'envoler que des chansons. A propos d'un livre, d'un poème, d'un opéra pour lequel je laissais échapper mon admiration : " Vous croyez peut-être que cela est très fort ? disait-elle aussitôt; est-ce que vous vous connaissez en force ? " Et elle argumentait.

" Un beau jour elle s'est mise à la chimie; de sorte qu'entre ma bouche et la sienne je trouvai désormais un masque de verre. Avec tout cela, fort bégueule. Si parfois je la bousculais par un geste un peu trop amoureux, elle se convulsait comme une sensitive violée...

⌐ Comment cela a-t-il fini ? dit l'un des trois autres. Je ne vous savais pas si patient.

⌐ Dieu, reprit-il, mit le remède dans le mal. Un jour, je trouvai cette Minerve, affamée de force idéale, en tête-à-tête avec mon domestique, et dans une situation qui m'obligea à me retirer discrètement pour ne pas les faire rougir. Le soir je les congédiai tous les deux, en leur payant les arrérages de leurs gages.

⌐ Pour moi, reprit l'interrupteur, je n'ai à me plaindre que de moi-même. Le bonheur est venu habiter chez moi, et je ne l'ai pas reconnu. La destinée m'avait, en ces derniers temps, octroyé la jouissance d'une femme qui était bien la plus douce, la plus soumise et la plus dévouée des créatures, et toujours prête ! Et sans enthousiasme ! " Je le veux bien, puisque cela vous est agréable. " C'était sa réponse ordinaire. Vous donneriez la bastonnade à ce mur ou à ce canapé, que vous en tireriez plus de soupirs que n'en tiraient du sein de ma maîtresse les élans de l'amour le plus forcené. Après un an de vie commune, elle m'avoua qu'elle n'avait jamais connu le plaisir. Je me dégoûtai de ce duel inégal, et cette fille incomparable se maria. J'eus plus tard la fantaisie de la revoir, et elle me dit, en me montrant six beaux enfants : " Eh bien ! mon cher ami, l'épouse est encore aussi vierge que l'était votre maîtresse. " Rien n'était changé dans cette personne. Quelquefois je la regrette : j'aurais dû l'épouser. "

Les autres se mirent à rire, et un troisième dit à son tour :

" Messieurs, j'ai connu des jouissances que vous avez peut-être négligées. Je veux parler du comique dans l'amour, et d'un comique qui n'exclut pas l'admiration. J'ai plus admiré ma dernière maîtresse que vous n'avez pu, je crois, haïr ou aimer les vôtres. Et tout le monde l'admirait autant que moi. Quand nous entrions dans un restaurant, au bout de quelques minutes, chacun oubliait de manger pour la contempler. Les garçons eux-mêmes et la dame du comptoir ressentaient cette extase contagieuse jusqu'à oublier leurs devoirs. Bref, j'ai vécu quelque temps en tête-à-tête avec un phénomène vivant. Elle mangeait, mâchait, broyait, dévorait, engloutissait, mais avec l'air le plus léger et le plus insouciant du monde. Elle m'a tenu ainsi longtemps en extase. Elle avait une manière douce, rêveuse, anglaise et romanesque de dire : " J'ai faim!" Et elle répétait ces mots jour et nuit en montrant les plus jolies dents du monde, qui vous eussent attendris et égayés à la fois. ∽ J'aurais pu faire ma fortune en la montrant dans les foires comme monstre polyphage. Je la nourrissais bien; et cependant elle m'a quitté... ∽ Pour un fournisseur aux vivres, sans doute ? ∽ Quelque chose d'approchant, une espèce d'employé dans l'intendance, qui, par quelque tour de bâton à lui connu, fournit peut-être à cette pauvre enfant la ration de plusieurs soldats. C'est du moins ce que j'ai supposé.

 Moi, dit le quatrième, j'ai enduré des souffrances atroces par le contraire de ce qu'on reproche en général à l'égoïste femelle. Je vous trouve mal venus, trop fortunés mortels, à vous plaindre des imperfections de vos maîtresses !"

Cela fut dit d'un ton fort sérieux, par un homme d'un aspect doux et posé, d'une physionomie presque cléricale, malheureusement illuminée par des yeux d'un gris clair, de ces yeux dont le regard dit : " Je veux !" ou : " Il faut !" ou bien : " Je ne pardonne jamais !"

" Si, nerveux comme je vous connais, vous, G..., lâches et légers comme vous êtes, vous deux K... et J..., vous aviez été accouplés à une certaine femme de ma connaissance, ou vous vous seriez enfuis, ou vous seriez morts. Moi, j'ai survécu, comme vous voyez. Figurez-vous une personne incapable de commettre une erreur de sentiment ou de calcul; figurez-vous une sérénité désolante de caractère; un dévouement sans comédie et sans emphase; une douceur sans faiblesse; une énergie sans violence. L'histoire de mon amour ressemble à un interminable voyage sur une surface pure et polie comme un miroir, vertigineusement monotone, qui aurait réfléchi tous mes sentiments et mes gestes avec l'exactitude ironique de ma propre conscience, de sorte que je ne pouvais pas me permettre un geste ou un sentiment déraisonnable sans apercevoir immédiatement le reproche muet de mon inséparable spectre. L'amour m'apparaissait comme une tutelle. Que de sottises elle m'a empêché de faire, que je regrette de n'avoir pas commises! Que de dettes payées malgré moi! Elle me privait de tous les bénéfices que j'aurais pu tirer de ma folie personnelle. Avec une froide et infranchissable règle, elle barrait tous mes caprices. Pour comble d'horreur, elle n'exigeait pas de reconnaissance, le danger passé. Combien de fois ne me suis-je pas retenu de lui sauter à la gorge, en lui criant : " Sois donc imparfaite, misérable, afin que je puisse t'aimer sans malaise et sans colère !"

Pendant plusieurs années, je l'ai admirée, le cœur plein de haine. Enfin, ce n'est pas moi qui en suis mort!

— Ah! firent les autres, elle est donc morte?

— Oui! cela ne pouvait continuer ainsi. L'amour était devenu pour moi un cauchemar accablant. Vaincre ou mourir, comme dit la Politique, telle était l'alternative que m'imposait la destinée! Un soir, dans un bois... au bord d'une mare... après une mélancolique promenade où ses yeux, à elle, réfléchissaient la douceur du ciel, et où mon cœur, à moi, était crispé comme l'enfer...

— Quoi!

— Comment!

— Que voulez-vous dire?

— C'était inévitable. J'ai trop le sentiment de l'équité pour battre, outrager ou congédier un serviteur irréprochable. Mais il fallait accorder ce sentiment avec l'horreur que cet être m'inspirait; me débarrasser de cet être sans lui manquer de respect. Que vouliez-vous que je fisse d'elle, puisqu'elle était parfaite? »

Les trois autres compagnons regardèrent celui-ci avec un regard vague et légèrement hébété, comme feignant de ne pas comprendre et comme avouant implicitement qu'ils ne se sentaient pas, quant à eux, capables d'une action aussi rigoureuse, quoique suffisamment expliquée d'ailleurs.

Ensuite on fit apporter de nouvelles bouteilles, pour tuer le temps qui a la vie si dure, et accélérer la vie qui coule si lentement.

E GALANT TIREUR.
Comme la voiture traversait le bois, il la fit arrêter dans le voisinage d'un tir, disant qu'il lui serait agréable de tirer quelques balles pour tuer le Temps. Tuer ce monstre-là, n'est-ce pas l'occupation la plus ordinaire et la plus légitime de chacun? ∽ Et il offrit galamment la main à sa chère, délicieuse et exécrable femme, à cette mystérieuse femme à laquelle il doit tant de plaisirs, tant de douleurs, et peut-être aussi une grande partie de son génie.

Plusieurs balles frappèrent loin du but proposé; l'une d'elles s'enfonça même dans le plafond; et comme la charmante créature riait follement, se moquant de la maladresse de son époux, celui-ci se tourna brusquement vers elle, et lui dit : " Observez cette poupée, là-bas, à droite, qui porte le nez en l'air et qui a la mine si hautaine. Eh bien ! cher ange, je me figure que c'est vous. " Et il ferma les yeux et il lâcha la détente. La poupée fut nettement décapitée.

Alors s'inclinant vers sa chère, sa délicieuse, son exécrable femme, son inévitable et impitoyable Muse, et lui baisant respectueusement la main, il ajouta : `` Ah ! mon cher ange, combien je vous remercie de mon adresse ! ''

A SOUPE ET LES NUAGES.

Ma petite folle bien-aimée me donnait à dîner, et par la fenêtre ouverte de la salle à manger je contemplais les mouvantes architectures que Dieu fait avec les vapeurs, les merveilleuses constructions de l'impalpable. Et je me disais, à travers ma contemplation : " ⌐ Toutes ces fantasmagories sont presque aussi belles que les yeux de ma belle bien-aimée, la petite folle monstrueuse aux yeux verts. "

Et tout à coup je reçus un violent coup de poing dans le dos, et j'entendis une voix rauque et charmante, une voix hystérique et comme enrouée par l'eau-de-vie, la voix de ma chère petite bien-aimée, qui disait : " ⌐ Allez-vous bientôt manger votre soupe, s... b... de marchand de nuages ? "

E TIR ET LE CIMETIÈRE. — A la vue du cimetière, Estaminet. — " *Singulière enseigne, — se dit notre promeneur, — mais bien faite pour donner soif ! A coup sûr, le maître de ce cabaret sait apprécier Horace et les poètes élèves d'Épicure. Peut-être même connaît-il le raffinement profond des anciens Égyptiens, pour qui il n'y avait pas de bon festin sans squelette, ou sans emblème quelconque de la brièveté de la vie.* "

Et il entra, but un verre de bière en face des tombes, et fuma lentement un cigare. Puis, la fantaisie le prit de descendre dans ce cimetière, dont l'herbe était si haute et si invitante, et où régnait un si riche soleil.

En effet, la lumière et la chaleur y faisaient rage, et l'on eût dit que le soleil ivre se vautrait tout de son long sur un tapis de fleurs magnifiques engraissées par la destruction. Un immense bruissement de vie remplissait l'air, — la vie des infiniment petits, — coupé à intervalles réguliers par la crépitation des coups de feu d'un tir voisin, qui éclataient comme l'explosion des bouchons de champagne dans le bourdonnement d'une symphonie en sourdine.

Alors, sous le soleil qui lui chauffait le cerveau et dans l'atmosphère des ardents parfums de la Mort, il entendit une voix chuchoter sous la tombe où il s'était assis. Et cette voix disait : " Maudites soient vos cibles et vos carabines, turbulents vivants, qui vous souciez si peu des défunts et de leur divin repos ! Maudites soient vos ambitions, maudits soient vos calculs, mortels impatients, qui venez étudier l'art de tuer auprès du sanctuaire de la Mort ! Si vous saviez comme le prix est facile à gagner, comme le but est facile à toucher, et combien tout est néant, excepté la Mort, vous ne vous fatigueriez pas tant, laborieux vivants, et vous troubleriez moins souvent le sommeil de ceux qui depuis longtemps ont mis dans le But, dans le seul vrai but de la détestable vie ! '

ERTE D'AURÉOLE. " Eh! quoi! vous ici, mon cher! Vous, dans un mauvais lieu! Vous, le buveur de quintessences! vous, le mangeur d'ambroisie! En vérité, il y a là de quoi me surprendre.

‿ Mon cher, vous connaissez ma terreur des chevaux et des voitures. Tout à l'heure, comme je traversais le boulevard, en grande hâte, et que je sautillais dans la boue, à travers ce chaos mouvant où la mort arrive au galop de tous les côtés à la fois, mon auréole, dans un mouvement brusque, a glissé de ma tête dans la fange du macadam. Je n'ai pas eu le courage de la ramasser. J'ai jugé moins désagréable de perdre mes insignes que de me faire rompre les os. Et puis, me suis-je dit, à quelque chose malheur est bon. Je puis maintenant me promener incognito, faire des actions basses, et me livrer à la crapule, comme les simples mortels. Et me voici, tout semblable à vous, comme vous voyez!

‿ Vous devriez au moins me faire afficher

cette auréole, ou la faire réclamer par le commissaire.

    ∽ Ma foi ! non. Je me trouve bien ici. Vous
seul, vous m'avez reconnu. D'ailleurs la dignité
m'ennuie. Ensuite je pense avec joie que quelque
mauvais poéte la ramassera et s'en coiffera impudemment. Faire un heureux, quelle jouissance !
et surtout un heureux qui me fera rire ! Pensez
à X. ou à Z ! Hein ! comme ce sera drôle ! ''

ADEMOISELLE BISTOURI.

Comme j'arrivais à l'extrémité du faubourg sous les éclairs du gaz, je sentis un bras qui se coulait doucement sous le mien, et j'entendis une voix qui me disait à l'oreille : " Vous êtes médecin, monsieur ? "

Je regardai ; c'était une grande fille, robuste, aux yeux très ouverts, légèrement fardée, les cheveux flottant au vent avec les brides de son bonnet.

" ᴗ Non je ne suis pas médecin. Laissez-moi passer. ᴗ Oh ! si ! vous êtes médecin. Je le vois bien. Venez chez moi. Vous serez bien content de moi, allez ! ᴗ Sans doute, j'irai vous voir, mais plus tard, après le médecin, que diable !... ᴗ Ah ! ah ! ᴗ fit-elle toujours suspendue à mon bras, et en éclatant de rire ᴗ vous êtes un médecin farceur, j'en ai connu plusieurs dans ce genre-là. Venez. "

J'aime passionnément le mystère, parce que j'ai toujours l'espoir de le débrouiller. Je me laissai donc entraîner par cette compagne, ou plutôt par cette énigme inespérée.

J'omets la description du taudis ; on peut la trouver dans plusieurs vieux poètes français bien connus. Seulement, détail non aperçu par Régnier, deux ou trois portraits de docteurs célèbres étaient suspendus aux murs.

Comme je fus dorloté ! Grand feu, vin chaud, cigares ; et en m'offrant ces bonnes choses et en allumant elle-même un cigare, la bouffonne créature me disait : " Faites comme chez vous, mon ami, mettez-vous à l'aise. Ça vous rappellera l'hôpital et le bon temps de la jeunesse. ∽ Ah çà ! où donc avez-vous gagné ces cheveux blancs ? Vous n'étiez pas ainsi, il n'y a pas encore bien longtemps, quand vous étiez interne de L... Je me souviens que c'était vous qui l'assistiez dans les opérations graves. En voilà un homme qui aime couper, tailler et rogner ! C'était vous qui lui tendiez les instruments, les fils et les éponges. ∽ Et comme, l'opération faite, il disait fièrement, en regardant sa montre : " Cinq minutes, messieurs ! "

∽ Oh ! moi, je vais partout. Je connais bien ces messieurs. "

Quelques instants plus tard, me tutoyant,

elle reprenait son antienne, et me disait : " Tu es médecin, n'est-ce pas, mon chat ? "

Cet inintelligible refrain me fit sauter sur mes jambes. " Non ! criai-je furieux.

⤳ Chirurgien, alors ?

⤳ Non ! non ! A moins que ce ne soit pour te couper la tête ! S... s... c... de s... m...!

⤳ Attends, reprit-elle, tu vas voir. "

Et elle tira de l'armoire une liasse de papiers, qui n'était autre chose que la collection des portraits des médecins illustres de ce temps, lithographiés par Maurin, qu'on a pu voir étalée pendant plusieurs années sur le quai Voltaire.

" Tiens ! Le reconnais-tu celui-ci ?

⤳ Oui ! c'est X. Le nom est au bas d'ailleurs ; mais je le connais personnellement.

⤳ Je savais bien ! Tiens ! voilà Z., celui qui disait à son cours, en parlant de X. : " Ce monstre qui porte sur son visage la noirceur de son âme ! " Tout cela, parce que l'autre n'était pas de son avis dans la même affaire ! Comme on riait de ça à l'Ecole, dans le temps ! Tu t'en souviens ? ⤳ Tiens, voilà K., celui qui dénonçait au gouvernement les insurgés qu'il soignait à son hôpital. C'était le temps des émeutes. Comment est-ce possible qu'un si bel homme ait si peu de cœur ? ↄ *Voici maintenant W., un fameux médecin anglais ; je l'ai attrapé à son voyage à Paris. Il a l'air d'une demoiselle, n'est-ce pas ?"*

Et comme je touchais à un paquet ficelé, posé aussi sur le guéridon : *"Attends un peu, dit-elle ;* ↄ *ça, c'est les internes, et ce paquet-ci, c'est les externes."*

Et elle déploya en éventail une masse d'images photographiques, représentant des physionomies beaucoup plus jeunes.

"Quand nous nous reverrons, tu me donneras ton portrait, n'est-ce pas, chéri ?

ↄ *Mais, lui dis-je, suivant à mon tour, moi aussi, mon idée fixe, pourquoi me crois-tu médecin ?*

ↄ *C'est que tu es si gentil et si bon pour les femmes !*

ↄ *Singulière logique !* me dis-je à moi-même.

ↄ *Oh ! je ne m'y trompe guère ; j'en ai*

connu un bon nombre. J'aime tant ces messieurs, que bien que je ne sois pas malade, je vais quelquefois les voir, rien que pour les voir. Il y en a qui me disent froidement : " Vous n'êtes pas malade du tout ! " Mais il y en a d'autres qui me comprennent, parce que je leur fais des mines.

     ᠊ Et quand ils ne te comprennent pas... ?

     ᠊ Dame ! Comme je les ai dérangés inutilement, je laisse dix francs sur la cheminée.

     ᠊ C'est si bon et si doux, ces hommes-là ! ᠊ J'ai découvert à la Pitié un petit interne, qui est joli comme un ange, et qui est poli ! et qui travaille, le pauvre garçon ! Ses camarades m'ont dit qu'il n'avait pas le sou, parce que ses parents sont des pauvres qui ne peuvent rien lui envoyer. Cela m'a donné confiance. Après tout, je suis assez belle femme, quoique pas trop jeune. Je lui ai dit : " Viens me voir, viens me voir souvent. Et avec moi, ne te gêne pas ; je n'ai pas besoin d'argent. " Mais tu comprends que je lui ai fait entendre ça par une foule de façons ; je ne le lui ai pas dit tout crûment ; j'avais si peur de l'humilier, ce cher enfant ! ᠊

Eh bien ! croirais-tu que j'ai une drôle d'envie que je n'ose pas lui dire ? ↩ Je voudrais qu'il vînt me voir avec sa trousse et son tablier, même avec un peu de sang dessus ! ''

Elle dit cela d'un air fort candide, comme un homme sensible dirait à une comédienne qu'il aimerait : '' Je veux vous voir vêtue du costume que vous portiez dans ce fameux rôle que vous avez créé. ''

Moi, m'obstinant je repris : '' Peux-tu te souvenir de l'époque et de l'occasion où est née en toi cette passion si particulière ? ''

Difficilement je me fis comprendre ; enfin j'y parvins. Mais alors elle me répondit d'un air très triste, et même, autant que je peux me souvenir, en détournant les yeux : '' Je ne sais pas... je ne me souviens pas. ''

Quelles bizarreries ne trouve-t-on pas dans une grande ville, quand on sait se promener et regarder ? La vie fourmille de monstres inno-cents. ↩ Seigneur, mon Dieu ! vous, le Créa-teur, vous, le Maître ; vous qui avez fait la Loi et la Liberté ; vous, le souverain qui laissez faire, vous, le juge qui pardonnez ; vous qui êtes plein de motifs et de causes, et qui avez peut-être mis dans mon esprit le goût de l'horreur pour convertir mon cœur, comme la guérison au bout d'une lame ; Seigneur, ayez pitié, ayez pitié des fous et des folles ! O Créateur ! Peut-il exister des monstres aux yeux de Celui-là seul qui sait pourquoi ils existent, comment ils se sont faits et comment ils auraient pu ne pas se faire ?

NY WHERE OUT OF THE WORLD. *Cette vie est un hôpital où chaque malade est possédé du désir de changer de lit. Celui-ci voudrait souffrir en face du poêle, et celui-là croit qu'il guérirait à côté de la fenêtre.*

Il me semble que je serais toujours bien là où je ne suis pas, et cette question de déménagement en est une que je discute sans cesse avec mon âme.

'' Dis-moi, mon âme, pauvre âme refroidie que penserais-tu d'habiter Lisbonne ? Il doit y faire chaud, et tu t'y ragaillardirais comme un lézard. Cette ville est au bord de l'eau ; on dit qu'elle est bâtie en marbre, et que le peuple y a une telle haine du végétal, qu'il arrache tous les arbres. Voilà un paysage selon ton goût ; un paysage fait avec la lumière et le minéral, et le liquide pour les réfléchir !''

Mon âme ne répond pas.

'' Puisque tu aimes tant le repos, avec le spectacle du mouvement, veux-tu venir habiter la Hollande, cette terre béatifiante ? Peut-être

te divertirais-tu dans cette contrée dont tu as souvent admiré l'image dans les musées. Que penserais-tu de Rotterdam, toi qui aimes les forêts de mâts, et les navires amarrés au pied des maisons?''

Mon âme reste muette.

''Batavia te sourirait peut-être davantage? Nous y trouverions d'ailleurs l'esprit de l'Europe marié à la beauté tropicale.''

Pas un mot. ∾ Mon âme serait-elle morte?

''En es-tu donc venue à ce point d'engourdissement que tu ne te plaises que dans ton mal? S'il en est ainsi, fuyons vers les pays qui sont les analogies de la Mort. ∾ Je tiens notre affaire, pauvre âme! Nous ferons nos malles pour Tornéo. Allons plus loin encore, à l'extrême bout de la Baltique; encore plus loin de la vie, si c'est possible; installons-nous au pôle. Là le soleil ne frise qu'obliquement la terre, et les lentes alternatives de la lumière et de la nuit suppriment la variété et augmentent la monotonie, cette moitié du néant. Là, nous pourrons prendre de longs bains de ténèbres, cependant que, pour nous divertir, les aurores boréales nous enverront de temps en temps leurs gerbes roses, comme des reflets d'un feu d'artifice de l'Enfer ! "

Enfin, mon âme fait explosion, et sagement elle me crie : " N'importe où ! Pourvu que ce soit hors de ce monde ! "

SSOMMONS LES PAUVRES !
Pendant quinze jours je m'étais confiné dans ma chambre, et je m'étais entouré des livres à la mode dans ce temps-là (il y a seize ou dix-sept ans) ; je veux parler des livres où il est traité de l'art de rendre les peuples heureux, sages et riches, en vingt-quatre heures. J'avais donc digéré ∽ avalé, veux-je dire, ∽ toutes les élucubrations de tous ces entrepreneurs de bonheur public, ∽ de ceux qui conseillent à tous les pauvres de se faire esclaves, et de ceux qui leur persuadent qu'ils sont tous des rois détrônés. ∽ On ne trouvera pas surprenant que je fusse alors dans un état d'esprit avoisinant le vertige ou la stupidité.

Il m'avait semblé seulement que je sentais, confiné au fond de mon intellect, le germe obscur d'une idée supérieure à toutes les formules de bonne femme dont j'avais récemment parcouru le dictionnaire. Mais ce n'était que l'idée d'une idée, quelque chose d'infiniment vague.

Et je sortis avec une grande soif. Car le goût passionné des mauvaises lectures engendre un besoin proportionnel du grand air et des rafraîchissants.

Comme j'allais entrer dans un cabaret, un mendiant me tendit son chapeau, avec un de ces regards inoubliables qui culbuteraient les trônes, si l'esprit remuait la matière, et si l'œil d'un magnétiseur faisait mûrir les raisins.

En même temps, j'entendis une voix qui chuchotait à mon oreille, une voix que je reconnus bien ; c'était celle d'un bon Ange, ou d'un bon Démon qui m'accompagne partout. Puisque Socrate avait son bon Démon, pourquoi n'aurais-je pas mon bon Ange, pourquoi n'aurais-je pas l'honneur, comme Socrate, d'obtenir mon brevet de folie, signé du subtil Lélut et du bien-avisé Baillarger ?

Il existe cette différence entre le Démon de Socrate et le mien, que celui de Socrate ne se manifestait à lui que pour défendre, avertir, empêcher, et que le mien daigne conseiller, suggérer, persuader. Ce pauvre Socrate n'avait qu'un Démon prohibiteur ; le mien est un grand

165

affirmateur, le mien est un Démon d'action, ou Démon de combat.

Or, sa voix me chuchotait ceci : " Celui-là seul est l'égal d'un autre, qui le prouve, et celui-là seul est digne de la liberté, qui sait la conquérir. "

Immédiatement, je sautai sur mon mendiant. D'un seul coup de poing je lui bouchai un œil, qui devint, en une seconde, gros comme une balle. Je cassai un de mes ongles à lui briser deux dents, et comme je ne me sentais pas assez fort, étant né délicat et m'étant peu exercé à la boxe, pour assommer rapidement ce vieillard, je le saisis d'une main par le collet de son habit, de l'autre, je l'empoignai à la gorge, et je me mis à lui secouer vigoureusement la tête contre un mur. Je dois avouer que j'avais préalablement inspecté les environs d'un coup d'œil, et que j'avais vérifié que dans cette banlieue déserte je me trouvais, pour un assez long temps, hors de la portée de tout agent de police.

Ayant ensuite, par un coup de pied lancé dans le dos, assez énergique pour briser les omoplates, terrassé ce sexagénaire affaibli, je me saisis d'une grosse branche d'arbre qui traînait à terre, et je le battis avec l'énergie obstinée des cuisiniers qui veulent attendrir un beefteack.

Tout à coup, ↰ ô miracle! ô jouissance du philosophe qui vérifie l'excellence de sa théorie!

↰ je vis cette antique carcasse se retourner, se redresser avec une énergie que je n'aurais jamais soupçonnée dans une machine si singulièrement détraquée, et, avec un regard de haine qui me parut de bon augure, le malandrin décrépit se jeta sur moi, me pocha les deux yeux, me cassa quatre dents, et avec la même branche d'arbre me battit dru comme plâtre. ↰ Par mon énergique médication, je lui avais donc rendu l'orgueil et la vie.

Alors, je lui fis force signes pour lui faire comprendre que je considérais la discussion comme finie, et me relevant avec la satisfaction d'un sophiste du Portique, je lui dis : '' Monsieur, vous êtes mon égal! veuillez me faire l'honneur de partager avec moi ma bourse; et souvenez-vous, si vous êtes réellement philanthrope, qu'il faut appliquer à tous vos confrères,

quand ils vous demanderont l'aumône, la théorie
que j'ai eu la douleur d'essayer sur votre dos."

Il m'a bien juré qu'il avait compris ma
théorie, et qu'il obéirait à mes conseils.

ES BONS CHIENS. A JOSEPH STEVENS. *Je n'ai jamais rougi, même devant les jeunes écrivains de mon siècle, de mon admiration pour Buffon ; mais aujourd'hui ce n'est pas l'âme de ce peintre de la nature pompeuse que j'appellerai à mon aide. Non.*

Bien plus volontiers je m'adresserais à Sterne, et je lui dirais : " Descends du ciel, ou monte vers moi des champs Elyséens, pour m'inspirer en faveur des bons chiens, des pauvres chiens, un chant digne de toi, sentimental farceur, farceur incomparable ! Reviens à califourchon sur ce fameux âne qui t'accompagne toujours dans la mémoire de la postérité ; et surtout que cet âne n'oublie pas de porter, délicatement suspendu entre ses lèvres, son immortel macaron ! "

Arrière la muse académique ! Je n'ai que faire de cette vieille bégueule. J'invoque la muse familière, la citadine, la vivante, pour qu'elle m'aide à chanter les bons chiens, les pauvres chiens, les chiens crottés, ceux-là que chacun écarte, comme pestiférés et pouilleux, excepté le pauvre dont ils sont les associés, et le poëte qui les regarde d'un œil fraternel.

Fi du chien bellâtre, de ce fat quadrupède, danois, king-charles, carlin ou gredin, si enchanté de lui-même qu'il s'élance indiscrètement dans les jambes ou sur les genoux du visiteur, comme s'il était sûr de plaire, turbulent comme un enfant, sot comme une lorette, à moins qu'il ne soit insolent comme un domestique! Fi surtout de ces serpents à quatre pattes, frissonnants et désœuvrés, qu'on nomme levrettes, et qui ne logent même pas dans leur museau pointu assez de flair pour suivre la piste d'un ami, ni dans leur tête aplatie assez d'intelligence pour jouer au domino!

A la niche, tous ces fatigants parasites!

Qu'ils retournent à leur niche soyeuse et capitonnée! Je chante le chien crotté, le chien pauvre, le chien sans domicile, le chien flâneur, le chien saltimbanque, le chien dont l'instinct, comme celui du pauvre, du bohémien et de l'histrion, est merveilleusement aiguillonné par la nécessité, cette si bonne mère, cette vraie patronne des intelligences!

Je chante les chiens calamiteux, soit ceux qui errent, solitaires, dans les ravines sinueuses des immenses villes, soit ceux qui ont dit à l'homme abandonné, avec des yeux clignotants et spirituels : " Prends-moi avec toi, et de nos deux misères nous ferons une espèce de bonheur ! "

" Où vont les chiens ? " disait autrefois Nestor Roqueplan dans un immortel feuilleton qu'il a sans doute oublié, et dont moi seul, et Sainte-Beuve peut-être, nous nous souvenons encore aujourd'hui.

Où vont les chiens, dites-vous, hommes peu attentifs ? Ils vont à leurs affaires.

Rendez-vous d'affaires, rendez-vous d'amour. A travers la brume, à travers la neige, à travers la crotte, sous la canicule mordante, sous la pluie ruisselante, ils vont, ils viennent, ils trottent, ils passent sous les voitures, excités par les puces, la passion, le besoin ou le devoir. Comme nous, ils se sont levés de bon matin, et ils cherchent leur vie ou courent à leurs plaisirs.

Il y en a qui couchent dans une ruine de la banlieue et qui viennent, chaque jour, à heure fixe, réclamer la sportule à la porte d'une cuisine du Palais-Royal; d'autres qui accourent, par troupes, de plus de cinq lieues, pour partager le repas que leur a préparé la charité de certaines pucelles sexagénaires, dont le cœur inoccupé s'est donné aux bêtes, parce que les hommes imbéciles n'en veulent plus;

D'autres, qui, comme des nègres marrons, affolés d'amour, quittent, à de certains jours, leur département pour venir à la ville gambader, pendant une heure, autour d'une belle chienne, un peu négligée dans sa toilette, mais fière et reconnaissante.

Et ils sont tous très exacts, sans carnets, sans notes et sans portefeuilles.

Connaissez-vous la paresseuse Belgique, et avez-vous admiré, comme moi, tous ces chiens vigoureux, attelés à la charrette du boucher, de la laitière ou du boulanger, et qui témoignent par leurs aboiements triomphants du plaisir orgueilleux qu'ils éprouvent à rivaliser avec les chevaux?

En voici deux qui appartiennent à un ordre encore plus civilisé! Permettez-moi de vous introduire dans la chambre du saltimbanque absent. Un lit en bois peint, sans rideaux, des couvertures traînantes et souillées de punaises, deux chaises de paille, un poêle de fonte, un ou deux instruments de musique détraqués. Oh ! le triste mobilier ! Mais regardez, je vous prie, ces deux personnages intelligents, habillés de vêtements à la fois éraillés et somptueux, coiffés comme des troubadours ou des militaires, qui surveillent avec une attention de sorciers l'œuvre sans nom qui mitonne sur le poêle allumé, et au centre de laquelle une longue cuiller se dresse, plantée comme un de ces mâts aériens qui annoncent que la maçonnerie est achevée.

N'est-il pas juste que de si zélés comédiens ne se mettent pas en route sans avoir lesté leur estomac d'une soupe puissante et solide ? Et ne pardonnerez-vous pas un peu de sensualité à ces pauvres diables, qui ont à affronter tout le jour l'indifférence du public et les injustices d'un directeur qui se fait la grosse part et mange à lui seul plus de soupe que quatre comédiens ?

Que de fois j'ai contemplé, souriant et attendri, tous ces philosophes à quatre pattes, esclaves

complaisants, soumis ou dévoués, que le dictionnaire républicain pourrait aussi bien qualifier
d'officieux, si la république, trop occupée du
bonheur des hommes, avait le temps de ména-
ger l'honneur des chiens !

Et que de fois j'ai pensé qu'il y avait peut-
être quelque part (qui sait, après tout ?), pour
récompenser tant de courage, tant de patience
et de labeur, un paradis spécial pour les bons
chiens, les pauvres chiens, les chiens crottés et
désolés. Swedenborg affirme bien qu'il y en a un
pour les Turcs et un pour les Hollandais !

Les bergers de Virgile et de Théocrite atten-
daient, pour prix de leurs chants alternés, un bon
fromage, une flûte du meilleur faiseur ou une
chèvre aux mamelles gonflées. Le poète qui a
chanté les pauvres chiens a reçu pour récompense un beau gilet d'une couleur, à la fois
riche et fanée, qui fait penser aux soleils d'automne, à la beauté des femmes mûres et aux
étés de la Saint-Martin.

Aucun de ceux qui étaient présents dans la
taverne de la rue Villa-Hermosa n'oubliera
avec quelle pétulance le peintre s'est dépouillé

174

de son gilet en faveur du poète, tant il a bien compris qu'il était bon et honnête de chanter les pauvres chiens.

Tel un magnifique tyran italien du bon temps, offrait au divin Arétin soit une dague enrichie de pierreries, soit un manteau de cour, en échange d'un précieux sonnet ou d'un curieux poëme satirique.

Et toutes les fois que le poète endosse le gilet du peintre, il est contraint de penser aux bons chiens, aux chiens philosophes, aux étés de la Saint-Martin et à la beauté des femmes très mûres.

A LA VILLE DE PARIS

Le cœur content, je suis monté sur la montagne
D'où l'on peut contempler la ville en son ampleur,
Hôpital, lupanars, purgatoire, enfer, bagne,

Où toute énormité fleurit comme une fleur.
Tu sais bien, ô Satan, patron de ma détresse,
Que je n'allais pas là pour répandre un vain pleur;

Mais comme un vieux paillard d'une vieille maî-
Je voulais m'enivrer de l'énorme catin |tresse,
Dont le charme infernal me rajeunit sans cesse.

Que tu dormes encor dans les draps du matin,
Lourde, obscure, enrhumée, ou que tu te pavanes
Dans les voiles du soir passementés d'or fin,

Je t'aime, ô capitale infâme! Courtisanes
Et bandits, tels souvent vous offrez des plaisirs
Que ne comprennent pas les vulgaires profanes.

USTIFICATION DE L'ÉDITEUR. *Hors pour la tierce-rime* A LA VILLE DE PARIS, *qui devrait au reste et selon la correspondance avec Poulet-Malassis servir d'épilogue aux* FLEURS DU MAL, *pour* ASSOMMONS LES PAUVRES, LE GALANT TIREUR, MADEMOISELLE BISTOURI, PERTE D'AURÉOLE, *restés manuscrits, et pour* PORTRAITS DE MAITRESSES, ANY WHERE OUT OF THE WORLD, LE TIR ET LE CIMETIÈRE, *parus respectivement dans la* Revue nationale, *les 21 et 28 septembre et 11 octobre 1867, tous posthumes, nous avons cru devoir négliger le texte, parfois fautif ou incomplet et toujours arbitraire des* ŒUVRES COMPLÈTES; *et rigoureusement reproduire celui des dernières publications par Baudelaire, soit pour :*

L'ÉTRANGER, LE DÉSESPOIR DE LA VIEILLE, LE CONFITEOR DE L'ARTISTE, UN PLAISANT, LA CHAMBRE DOUBLE,

CHACUN LA SIENNE, LE FOU ET LA VENUS, LE CHIEN ET LE FLACON, LE MAUVAIS VITRIER, celui de la Presse, le 26 août 1862.

A UNE HEURE DU MATIN, LA FEMME SAUVAGE ET LA PETITE - MAITRESSE, LES FOULES, LES VEUVES, LE VIEUX SALTIMBANQUE, celui de la Presse, le 27 août 1862.

LE GATEAU, L'HORLOGE, HÉMISPHÈRE DANS UNE CHEVELURE, ici qualifié de poème exotique, L'INVITATION AU VOYAGE, LE JOUJOU DU PAUVRE, LE DON DES FÉES, celui de la Presse, le 24 septembre 1862. LES TENTATIONS, OU ÉROS, PLUTUS ET LA GLOIRE, LA BELLE DOROTHÉE, celui de la Revue nationale, le 10 juin 1863.

LES BIENFAITS DE LA LUNE, LAQUELLE ET LA VRAIE? celui, sans titres, du Boulevard, le 14 juin 1863.

LE DÉSIR DE PEINDRE, celui de la Revue nationale, *le 10 octobre 1863.*
LE THYRSE, DÉJA ! LES FENÊTRES, celui de la Revue nationale, *le 10 décembre 1863.*

LE CRÉPUSCULE DU SOIR, ENIVREZ-VOUS, celui du Figaro, *le 7 février 1864.*

LES VOCATIONS, UN CHEVAL DE RACE, celui du Figaro, *le 14 février 1864.*

UNE MORT HÉROIQUE, LA CORDE, celui de l'Artiste, *le 1er novembre 1864.*

LA SOLITUDE, LES PROJETS, LES YEUX DES PAUVRES, LE MIROIR, LE PORT, celui de la Revue de Paris, *le 25 décembre 1864.*

LA FAUSSE MONNAIE, LE DIABLE, celui de la Revue du IXe siècle, *le 1er juin 1866.*

LES BONS CHIENS, celui du Grand Journal, *le 4 novembre 1866.*

Nulle variante

179

ici ; le poète a jugé sans appel et c'est un mort vivant. Nous nous refusons à remplacer par des fiches le papier timbré dont on l'offusqua. Ce serait trahir sa mémoire que divulguer les leçons qu'il délaissa pour d'autres parfaites et peu convenable envers le lecteur homme de goût. Fait-on passer par la cuisine avant que de se mettre à table ?

Un groupement par analogie avec les *Fleurs du Mal* tenterait la curiosité, si le CARNET que nous donna M. Féli Gautier ne décourageait toute architecture. Encore qu'à la source incertaine de Nadar nous eussions pu prendre quelque réconfort ; mais il ne pouvait y avoir là qu'hypothèse. Et la liturgie ancienne et acceptée avait pour elle au moins son étonnante gratuité ; elle décourage jusqu'à la chute, en ne se reposant sur rien.

Teinter de bas-bleu ce livre rose et noir serait en bousculer l'harmonie et il est certes superflu de rappeler le quatrain fameux : il nous a permis de ne point recourir au rouge absolument condamné par Baudelaire pour la typographie de ses œuvres. C'est à Baudelaire aussi que nous avons emprunté Guys dont l'admirable *DAME A L'EVENTAIL*, dans la collection Beurdeley, orne la page de faux-titre. C'est à Baudelaire enfin et non à Lévy que nous avons demandé le titre, charmant et juste, de ces petits poèmes en prose : il figure en tête des deux essais de publication suivie qu'il tenta dans les périodiques et trois lettres, deux à Ancelle, une à Troubat, le nomment formellement.   G.-M.

Il a été tiré de cet ouvrage, établi sur les maquettes d'Alexandre Gaspard-Michel, 9 exemplaires (au nom des souscripteurs) sur papier de Chine; 27 exemplaires (A-AA) sur papier Impérial de Japon; 81 exem- plaires (I-LXX XI) sur papier de coton rose du Mitti- neague- mill; et 2187 (I- 2187) sur papier de fil de Sainte-Mary-Cray; achevés d'imprimer, pour le frontispice, par Marty, et pour le texte, sous les presses de l'imprimerie Frazier-Soye, à Paris, le 2 septembre 1917, pour Emile-Paul frères.

LE SPLEEN DE PARIS
CINQUANTE PETITS
POÈMES EN PROSE
DE BAUDELAIRE

CHEZ ÉMILE-PAUL
FRÈRES, PLACE BEAU-
VAU, PROCHE L'ÉLY-
SÉE, A PARIS. MCMXVII